Future Fiction

Collana diretta da

Francesco Verso

Francesco Verso

Ecoluzione

Narrazioni solarpunk per trasformare la realtà

Associazione culturale Future Fiction
Via Valentiniano 40 – 00145 Roma
P. IVA 15586791004

Titolo: *Ecoluzione – Narrazioni solarpunk
per trasformare la realtà*
© 2023 Future Fiction, Roma
I edizione aprile 2024
info@futurefiction.org
ISBN: 9788832077940

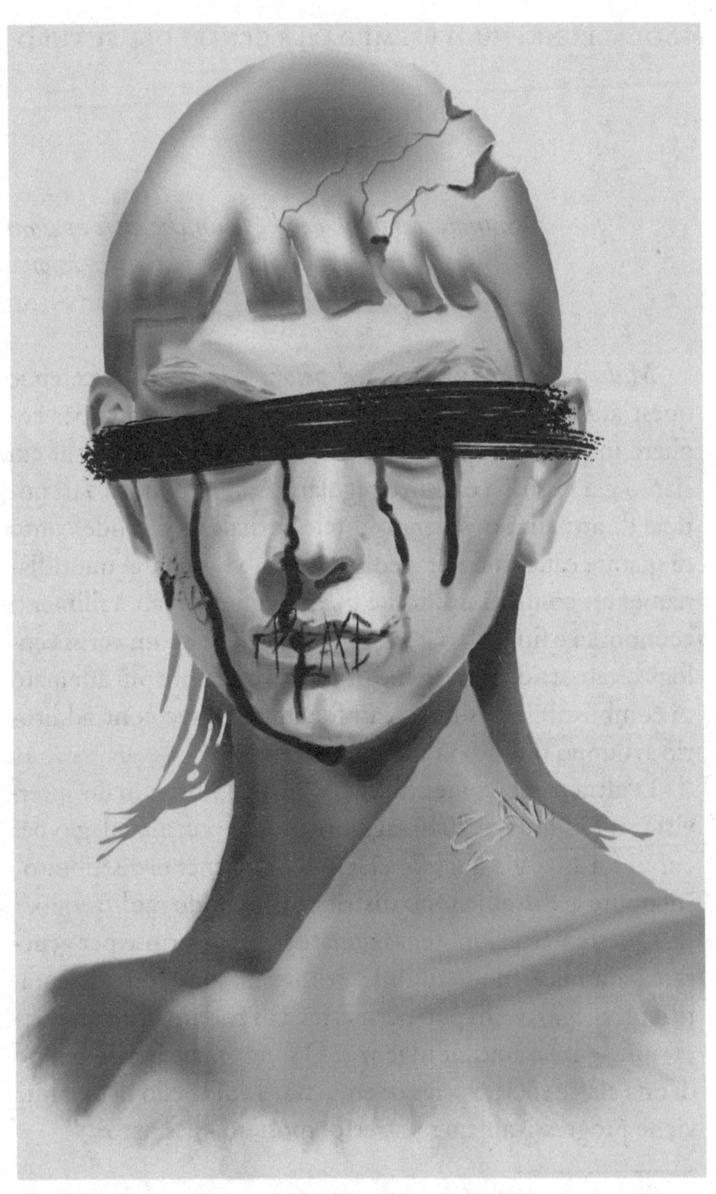

Illustrazione di Anita Bertoldi

Solarpunk: nuovi semi dalle ceneri del futuro

di Francesco Verso

Siamo solarpunk perché le uniche altre opzioni
sono la negazione o la disperazione.
Adam Flynn

Mala tempora currunt, sed peiora parantur, basterebbe quest'antica lamentazione, tra il latino e il volgare, per cogliere in pieno lo spirito dei nostri tempi o di quelli in cui siamo già vissuti a cadenze regolari. Aprendo un sito di notizie di attualità o vedendo il telegiornale ci si rende conto di quante catastrofi e tragedie flagellino l'umanità quotidianamente: conflitti militari e guerre commerciali, fallimenti economici e finanziari, tensioni geopolitiche e una crisi ecologica causata da un sistema produttivo sempre più affamato di combustibili fossili con cui foraggiare il suo contraddittorio sviluppo infinito in un ambiente finito.

D'altra parte, come afferma William Gibson in un'intervista su *Vulture* nel 2017, aggiornando il vecchio adagio per cui "il futuro è già qui solo che non è equamente distribuito", "neppure le distopie sono distribuite in modo molto equo."[1]

Queste narrazioni sensazionalistiche, costruite per generare paranoie e inquietudini settimanali, sono forse diventate il privilegio di chi può permettersi di parlarne con una certa sufficienza e autoindulgenza? O sono anche il passatempo di una classe sociale priva di empatia, il cui livello di umanità viene progressivamente ristretto, spostato, plasmato?

---

1 Intervista di Abraham Riesman a William Gibson. Vulture, 1 Agosto, 2017 <https://www.vulture.com/2017/08/william-gibson-archangel-apocalypses-dystopias.html>.

Ogni forma di comunicazione e intrattenimento, dai film ai libri, passando per i fumetti e i videogiochi, non fa altro che cavalcare quest'onda lunghissima di storie tutte uguali, metastasi narrative che propagandano lo stesso refrain a livello globale su un futuro funestato da totalitarismi e fondamentalismi, pandemie globali, apocalissi zombi, supereroi liberatutti, derive mutanti e disastri ambientali. È già successo con la bomba atomica, la guerra fredda, il Vietnam, la crisi petrolifera, la mucca pazza, l'invasione degli "stati canaglia".

Forse invece è quello che succede quando assoggettiamo la nostra sensibilità (e il nostro sistema nervoso) a sollecitazioni che non derivano più soltanto da altri esseri umani e da dinamiche esterne che ne influenzano le decisioni. "È il fenomeno noto come *automation bias* o 'bias di automazione' ed è stato riscontrato in ogni sfera della computazione – dai software di controllo ortografico ai piloti automatici – e in ogni tipo di persona. È il pregiudizio che ci spinge a considerare le informazioni automatizzate come più affidabili delle nostre stesse esperienze, poco importa se entrano in conflitto con altre osservazioni – e tanto più se tali osservazioni sono ambigue. L'informazione automatizzata è chiara e diretta, e interferisce con le aree grigie che confondono la cognizione. Un altro fenomeno a questo associato, il bias di conferma, riplasma la nostra consapevolezza del mondo per allinearla all'informazione automatizzata, confermando la validità delle soluzioni computazionali fino al punto di farci scartare del tutto considerazioni che non sono in linea con il punto di vista della macchina."[2]

Che succederà quando avremo lasciato ai bot e agli algoritmi tutta la responsabilità di scrivere le notizie, i drammi, i

---

2 Kathleen Mosier, Linda Skitka, Susan Heers e Mark Burdick, "Automation Bias: Decision Making and Performance in High-Tech Cockpits", International Journal of Aviation Psychology 8:1, 1997 pag. 47-63.

dialoghi tra le persone e ogni narrazione con cui modelliamo i nostri principi e assegniamo una priorità alle cose? La questione non sembra neppure tanto legata alla narrazione in sé, quanto piuttosto alla sua unicità e ai suoi scopi. In effetti, "non è che tali narrative non siano necessarie. Nella migliore delle ipotesi, possono servire come campanello d'allarme per quelli che sono rimasti impigliati nel mito che abbiamo raggiunto la 'fine della storia' con la caduta del muro di Berlino e il trionfo del capitalismo su scala planetaria. Ma se perdura la visione primaria che la nostra cultura globalizzata ha del potenziale futuro, rischiamo di finire per riprodurre il cinismo pervasivo e la disperazione che rende tutte le crisi ineluttabili."[3] Senza contare che il nuovo millennio ci ha scaraventato a velocità supersonica nell'epoca del post-tutto: post-modernismo, post-apocalittico, post-capitalismo, post-verità, post-umano, post-*.*, dove i contorni della realtà sono più complessi e sfuggenti se non addirittura imperscrutabili, governati da forze di cui stiamo cominciando a renderci conto solo ora, forse con colpevole ritardo.

Per James Bridle la narrazione del presente, sotto la spinta di social network, strategie clickbait, economia dell'attenzione e Big Data, ha assunto caratteristiche ancora più minacciose: "Proprio come le telecomunicazioni globali hanno fatto collassare il tempo e lo spazio, la computazione ha fuso il passato con il futuro. Quanto viene raccolto in forma di dati viene plasmato nella realtà per come la conosciamo, e poi proiettato in avanti con l'implicito presupposto che le cose non cambieranno né divergeranno da ciò di cui si è fatto esperienza in passato. In questo modo la computazione non governa solo le nostre azioni nel presente, ma fabbrica un futuro che si accorda al meglio con i suoi parametri. Ciò

---

3 Da "What is solarpunk?" <https://solarpunkanarchists.com/2016/05/27/what-is-solarpunk/>.

che è possibile diventa ciò che è computabile. Ciò che è difficile quantificare o complicato da modellare, tutto ciò che non è mai stato visto prima o che non può essere localizzato all'interno di uno schema prestabilito, ciò che è incerto e ambiguo, viene escluso dal reame dei futuri possibili. La computazione proietta un futuro identico al passato – il che la rende incapace di gestire la realtà del presente, instabile per definizione."[4]

Eppure, a ben vedere, in ogni panorama devastato dall'emergenza climatica, in ogni giungla di cemento innalzata dal capitalismo globale, cresce sempre qualcosa. Anche perché distopia, catastrofismo e fake-news sono diventati elementi così frequenti e normalizzati da non suscitare più quel senso del perturbante e del meraviglioso che si ritrova in certe forme di narrazione alternativa, come per esempio la fantascienza: è ancora possibile oggi scrivere e immaginare qualcosa di diverso dalle classiche narrazioni contemporanee? Anche solo ipotizzare un sistema economico diverso da quello capitalista rappresenta un esercizio mentale inutile e privo di fondamento, quasi una velleità da hippie nostalgici e geek troppo naïve? Aveva ragione Frederic Jameson nell'affermare che è più facile immaginare la fine del mondo che la fine del capitalismo? E ancora, credere che i confini nelle nazioni possano diventare porosi per gestire l'emergenza climatica è – alla luce delle attuali politiche internazionali sulle migrazioni – un'assurdità da idealisti incalliti? Oppure è ancora possibile sperare che come si è passati dal carbone al petrolio, lo stesso possa succedere al Sole, all'acqua e al vento? Da decenni, la letteratura mainstream – in un progressivo scivolamento verso un postmodernismo disincantato e un lucido cinismo giustificato dallo sfaldamento del presente – si è abilmente smarcata dalla responsabilità

---

4 James Bridle, *Nuova Era Oscura*, Nero, 2019

d'immaginare una società diversa, un individuo diverso e un futuro diverso da quelli attuali.

"Siamo del tutto sprofondati in sistemi tecnologici che modellano tanto le nostre azioni quanto i nostri pensieri. Non possiamo più uscirne; non possiamo neanche più pensare senza. Le nostre tecnologie sono complici delle maggiori sfide a cui oggi siamo chiamati a rispondere: un sistema economico fuori controllo che immiserisce i più e continua ad allargare il divario tra ricchi e poveri; il collasso globale del consenso politico e sociale che sfocia in un'escalation di nazionalismi, divisioni sociali, conflitti etnici e guerre fantasma; e infine un clima sempre più torrido che minaccia direttamente la nostra stessa sopravvivenza."[5]

E quindi dove andare a cercare altri mondi possibili e soluzioni alternative alla solita rappresentazione di un presente incapace di rinnovare se stesso? Su altri mondi colonizzabili? Nelle pieghe malleabili dello spazio più profondo? O invece in un tempo ucronicamente consolatorio o magari così lontano da essere, per forza di cose, poco plausibile?

La fantascienza – per sua natura narrativa della trasformazione – ha l'ambizione di descrivere ciò che non esiste, almeno non ancora, ma che a determinate condizioni potrebbe succedere. Perciò gli scrittori e le scrittrici di questo genere si pongono come ottimi costruttori di scenari (worldbuilding), di ipotesi speculative (future studies) su un domani dai tratti oscuri e sfuggenti. Poiché la fantascienza abita il futuro ne conosce i pregi (fatti di tendenze, potenzialità e speranze) e i difetti (le congetture palesemente sballate, le velleità profetiche alla "sindrome di Cassandra" e l'allarmistico "al lupo al lupo" su cui inciampano molte narrazioni). Ma dopo aver distrutto il mondo migliaia di volte, dopo averne celebrato le tribolate rinascite e aver ipotizzato le più

---

5 James Bridle, *Nuova Era Oscura* (Nero, 2019), pag. 10

bizzarre utopie mai realizzabili, passando per trasformazioni postumane, derive tecnocratiche e trasformazioni biopolitiche, ecco emergere – da più parti nel mondo e dalle discipline più disparate – un piccolo nucleo di storie, di genere *solarpunk*, che si propongono di sfidare l'ineluttabile concretezza del presente.

In un periodo così turbolento – in cui la narrazione globale è ostinatamente incentrata su decadenza, cinismo e distopia – c'è chi s'impegna a delineare le fattezze di un "mondo altro". In pratica, si tratta finora di una serie di racconti, illustrazioni, saggi e discussioni sui social e nelle comunità online, anche se molti vedono nel solarpunk l'inizio di qualcosa di più grande, qualcosa che potrebbe allontanarci dal disfattismo contemporaneo. Certo è una tendenza minoritaria e quasi latente, che spesso viene tacciata di essere niente di più di un volo pindarico, l'inconcludente desiderio di una società perfetta eppure la realtà è più complessa: l'utopismo è la linfa che alimenta il cambiamento, è la sabbia che s'insinua negli ingranaggi dello status quo e, nel corso dei secoli, non ha mai smesso di inspirare persone e movimenti al fine di migliorare la condizione umana.

Vedi Galileo Galilei, Martin Luther King, le suffragette, Vandana Shiva e Aaron Swartz. O, per restare nella fantascienza, Edward Bellamy, Ursula LeGuin, Iain Banks, Octavia Butler e Kim Stanley Robinson.

Non è un caso che la fantascienza abbia raccolto per prima i semi di questo cambio di prospettiva, come è già successo per la *climate fiction*, la narrativa sui cambiamenti climatici: poiché la fantascienza considera la realtà come inadeguata, priva cioè di quell'elemento immaginifico che completa la vita umana, critica la realtà apparente, presuppone che le cose potrebbero andare in maniera diversa e specula creativamente sul futuro senza preoccuparsi della morsa stringente del presente, anzi lo supera proprio in quanto ostacolo alla propria libertà d'immaginazione.

Il solarpunk è quindi una reazione al cinismo e al pessimismo delle visioni che insistono sul futuro prossimo. Naturalmente cinismo e pessimismo non possono essere sostituiti da un ottimismo cieco, ingenuo e infantile, bensì da una cauta speranza e dall'audacia di focalizzare sulle potenzialità che si possono trovare anche nelle situazioni più difficili. Nessuna drammaturgia che si rispetti può prescindere da un conflitto e dalla messa in discussione della propria realtà e identità e allora, per tornare alle narrazioni di cui sopra, qual è davvero il loro scopo e quale il messaggio che vogliono trasmettere? Forse, se proviamo a coltivare quei semi, qualcosa di più ecologico, liberatorio, egualitario dell'eredità che ci sta lasciando il Post*.* potrebbe sbocciare.

Come spesso succede, sono i giovani a portare in mano quei semi, nelle parole di Greta Thunberg, sedicenne svedese, alla COP24 di Katowice: "Voi parlate solo della crescita della green economy perché avete troppa paura di risultare impopolari. Parlate solo di andare avanti con le stesse idee sbagliate che ci hanno messo in questo casino. Anche quando l'unica cosa sensata da fare è tirare il freno a mano. Non siete abbastanza maturi per dire come stanno le cose. Persino questo fardello lo lasciate a noi ragazzi. (...) Voi dite di amare i vostri figli sopra ogni cosa, e tuttavia gli state rubando il futuro davanti ai loro stessi occhi. Finché non comincerete a focalizzare su cosa deve essere fatto anziché su cosa sia politicamente possibile fare, non c'è speranza. Non possiamo risolvere una crisi senza trattarla come tale. Dobbiamo lasciare i combustibili fossili sotto terra e dobbiamo focalizzarci sull'equità e se le soluzioni all'interno di questo sistema sono così impossibili da trovare, allora forse dovremmo cambiarlo. Non siamo venuti qui per pregare i nostri leader di occuparsene. Ci avete ignorato in passato e lo farete ancora. Voi non avete più scuse e noi non abbiamo più tempo. Noi siamo venuti qui soltanto per farvi sapere che il cambiamento sta arrivando, che vi piaccia o no. Il vero potere appartiene al popolo. Grazie."

Se tutti gli allarmi sono già suonati, i buoi scappati, le derive distopiche denunciate e se ogni apocalisse è finita in un'altra ben peggiore senza che nessuno abbia fatto niente, allora o siamo davvero spacciati o vale la pena di cambiare narrazione (per cambiare direzione). Almeno per chi non s'illude che bastino le parole a spengere l'incendio che divampa per il mondo. E non è una metafora: "Nel 2015, per la prima volta in almeno 800.000 anni, l'anidride carbonica nell'atmosfera ha superato le 400 parti per milione. A un simile ritmo – che non mostra cenni di rallentamento e che noi non sembriamo intenzionati ad arrestare – la CO_2 atmosferica supererà 1000 ppm entro la fine del secolo. A 1000 ppm, le capacità cognitive umano crollano del 21 percento.[6] A concentrazioni più alte, la CO_2 ci impedisce di pensare lucidamente."[7]

Benvenuti nell'antropocene.

Solarpunk, ovvero energia dall'alto, azione dal basso.
La prima traccia di storie Solarpunk risale alla pubblicazione in Brasile del volume *Solarpunk: Histórias ecológicas e fantásticas em um mundo sustentável* a cura di Gerson Lodi-Riberio (Draco, 2012), tradotta poi da Fabio Fernandes in inglese e pubblicata come *Solarpunk: Ecological*

---

6 Joseph G. Allen, et al. *Associations of Cognitive Function Scores with Carbon Dioxide, Ventilation, and Volatile Organic Compound Exposures in Office Workers: A Controlled Exposure Study of Green and Conventional Office Environments*, Environmental Health Perspectives 124, (giugno 2016), pag. 805-12.
7 James Bridle, Nuova Era Oscura, Nero 2019 pag. 87.

and Fantastical Stories in a Sustainable World (World Weaver Press, 2018) mentre nel 2014, Adam Flynn scrive un articolo, breve ma fondamentale, dal titolo *Solarpunk: Notes Toward a Manifesto*. In seguito sono arrivate altre antologie di racconti come *Sunvault: Stories of Solarpunk and Eco-Speculation*, a cura di Phoebe Wagner e Brontë Christopher Wieland (Upper Rubber Boot, 2017), *Eco-Punk, Speculative Tales of Radical Futures*, a cura di Liz Grzyb e Cat Sparks (Ticonderoga Publications, 2017) e *Glass and Gardens: Solarpunk Summers*, a cura di Sarena Ulibarri (World Weaver Press, 2018). A margine del discorso, vanno ricordati due precursori del solarpunk: i film di Hayao Miyazaki per quanto riguarda l'estetica e le sfide politiche (soprattutto *La principessa Mononoke*), e il romanzo di Ernest Callenbach, *Ecotopia: The Notebooks and Reports di William Weston* del 1975, dove s'immagina una società anticapitalista, de-urbanizzata e incentrata sui giardini.

Il termine solarpunk diviene popolare su Tumblr nel 2014, come reazione a una galleria d'immagini che cattura l'attenzione di molti blogger e si sviluppa su siti come *solapunkanarchist.com* e *medium.com/solarpunk* dando origine a una serie di post e riflessioni che spaziano dall'economia circolare alla sostenibilità ambientale, dalla critica al capitalismo predatorio alla costruzione di reti off-grid, dall'uso di risorse rinnovabili alle comunità resilienti in lotta contro la gentrificazione, fino all'estetica dell'Art Nouveau e alla moda che rielabora in chiave moderna i canoni dell'arte africana e di quella asiatica, passando per il biomimetismo come imitazione di forme e funzioni organiche allo scopo di migliorare prodotti ed esperienze, e l'antropocene, intesa stavolta come l'era geologica indotta dal comportamento umano.

Per Andrew Dana Hudson, attivista del movimento e autore di saggi e racconti sul genere, il solarpunk è un "movimento speculativo, uno sforzo comune per immaginare e progettare un futuro di prosperità, pace, sostenibilità e bellezza, ottenibile con ciò che abbiamo, dal luogo dove siamo."[8] Secondo Adam Flynn il solarpunk "immagina storie ambientate in un futuro che funziona con energie rinnovabili, come il solare o l'eolico, e dove la discriminazione basata sulla razza o sul genere è più limitata di quanto non sia oggi. (...) La sua estetica è fatta di pannelli solari, mulini a vento e frondose società high-tech."[9]

A differenza dello steampunk, che si rifugia intenzionalmente in un romanticismo nostalgico dell'Epoca vittoriana e che dunque difetta di realismo tecnologico, e del cyberpunk, il quale ha sì denunciato l'ascesa della tecnocrazia e della lotta di classe tra i ricchi capitalisti di quello che Yuval Noah Harari definisce "Dataismo"[10] e i poveri geek e nerd sfruttati senza però trovare soluzioni, il solarpunk esplora

---

8 Andrew Dana Hudson, *Sulle dimensioni politiche del Solarpunk*, Solarpunk, Future Fiction, 2020
9 Intervista ad Adam Flynn, <https://www.ozy.com/fast-forward/sci-fi-doesnt-have-to-be-depressing-welcome-to-solarpunk/82586>.
10 Yuval Noha Harari, Homo Nexus, Breve storia del futuro, Bompiani, 2017

delle "exit strategies" dall'attuale situazione socio-economica attraverso narrazioni plausibili e pragmatiche che per la prima volta rispondono in modo consapevole e costruttivo all'antropocene, un *iperoggetto* – come lo chiama Timothy Morton nell'omonimo libro[11] – di cui abbiamo iniziato a scorgere le reali fattezze solo adesso.

In termini politici, il solarpunk tende a smarcarsi dalla falsa dicotomia che prevede da una parte l'economia di mercato e il socialismo di stato dall'altra, tra un individualismo spinto alla competizione estrema e un collettivismo soffocante; un'ipotetica società solarpunk dovrebbe puntare su un sano sviluppo della persona all'interno di una comunità solidale ed energeticamente sostenibile nel lungo periodo. Utopia? Forse, anche se lo scopo da raggiungere non è la perfezione in sé (basta ricordare che l'utopia del dittatore è la distopia di tutti gli altri) bensì un avvicinamento, progressivo e costante, a certi ideali. Sebbene il solarpunk ammetta che molti obiettivi (giustizia sociale, equa ripartizione dei profitti e sostenibilità ambientale, solo per citare alcune delle "stelle polari" da seguire) potrebbero non essere mai raggiunti, questa consapevolezza non ne scalfisce la rilevanza e l'originalità, se non fosse altro che per mitigare gli effetti nefasti di neppure 200 anni di capitalismo.

Idealmente, il solarpunk prosegue la lotta del cyperpunk contro il potere economico delle multinazionali e l'autorità dello stato ma soprattutto si concentra contro ogni tentativo di assoggettamento dell'umanità a forze che di umano hanno ben poco come la speculazione finanziaria, le esternalità ambientali, gli algoritmi predittivi, la privatizzazione di beni e servizi pubblici, i filtri pregiudiziali delle intelligenze artificiali e i provvedimenti dal sapore di leggi biopolitiche, tutto quel movimento contrario al controllo e alla gestione degli

---

11 Iperoggetti, Timothy Morton, NERO, maggio 2018.

esseri umani che Jochi Ito chiama "Resisting Reduction" (MIT Press, 2019). Tuttavia, questa opposizione "punk", che spesso assume i tratti della disobbedienza civile, viene portata avanti ricorrendo a quella radice semantica "solar" che implica positività, solidarietà e democraticità (il sole che irradia tutti, senza distinzioni). Nelle parole di Andrew Dana Hudson: "Vedo l'emergere del solarpunk come una risposta a questa sensazione di degrado soffocante. Le persone vogliono sentire la vitalità del progresso, non solo l'ansioso capogiro della centrifuga capitalistica. Noi vogliamo esplorare e impiegare i nostri veri talenti, non modellare le nostre vite sul fare soldi in nome di altre persone più ricche. Vogliamo che il nostro lavoro significhi qualcosa di più della sopravvivenza."

Quindi, se da una parte il cyberpunk ha prefigurato le dinamiche socio-politiche del presente mediante il paradigma "low life–high tech", (Mark Zuckerberg che rivende i dati delle persone alle multinazionali è celebrato come un capitano d'industria e le sue "cattive azioni" al massimo vengono multate per violazione della privacy, mentre Julian Assange che rende pubblici i segreti delle multinazionali viene arrestato come un criminale, solo per citare due esempi di cyberpunk realizzato), dall'altra il solarpunk prepara il campo dell'immaginario collettivo dei prossimi trenta, quarant'anni, invertendo i termini del paradigma e ribaltando la metafora in "high energy–sust tech–low impact" (energie avanzate–tecnologie sostenibili–basso impatto): Adam Flynn, estensore sul blog Hieroglyph di *Solarpunk: Notes Toward a Manifesto*, afferma che "i grandi programmi del ventesimo secolo sono iniziati spesso come proposte di finzione, dagli sbarchi sulla luna alla sicurezza sociale. È tempo di ritornare ad ambizioni più alte per quanto possiamo fare come società."

Del resto, i tempi sembrano maturi se si considerano la lotta al surriscaldamento globale (i ragazzi che saltano la scuola dei *Fridays for Future*, il movimento di disobbedienza civile *Extinction Rebellion* e la ricerca di soluzioni per l'indipendenza energetica off-grid) la produzione di beni dal basso (gli artigiani digitali della stampa 3D e l'economia a chilometri 0), il libero accesso ai dati (Open Access e reti mesh) o nuove forme di socialità (mini-case, comunità resilienti e Strong Towns) e le reti di mutuo soccorso (Occupy Sandy, We're the 99%) come agenti di trasformazione e segnali di cambiamento.

Dalle ceneri dello steampunk e del cyberpunk

Volendo raffigurare le innovazioni tecnologiche e i cambiamenti sociali tramite il modello di Koert van Mensvoort, ispirato alla piramide dei bisogni di Maslow, è possibile tracciare l'andamento di qualunque trasformazione mediante 7 livelli di sviluppo[12].

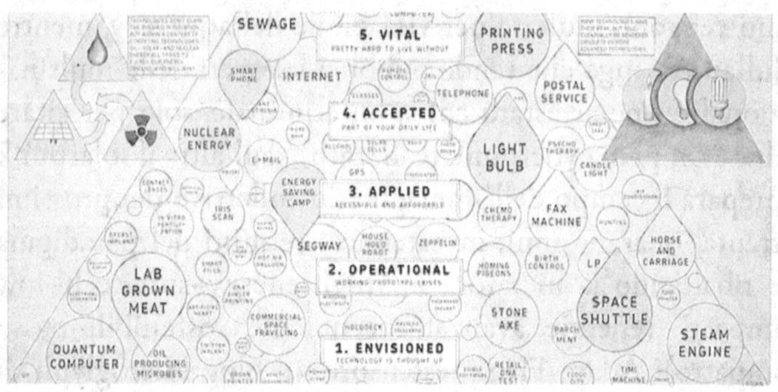

All'inizio, ogni tecnologia o trasformazione deve essere immaginata (nasce cioè da un'idea, un sogno o una visione come

---

12 Tratto dal sito Next Nature: https://www.nextnature.net/2014/08/pyramid-of-technology/

per esempio la teoria della relatività o la stampa 3D) poi viene utilizzata (mediante prototipi o esperimenti come quelli sulla carne cresciuta in vitro); in seguito viene applicata e diventa accessibile a più persone (uscendo dai laboratori come è avvenuto con i Google Glasses), quindi, salendo di livello, il suo impiego viene accettato su larga scala (entra cioè a far parte della vita quotidiana come nel caso degli smartphone) e si diffonde in ogni strato della popolazione, trasformandosi in un elemento senza il quale sarebbe più difficile vivere (Internet o le fognature) fino al punto di rendersi invisibile (nella sua intuitività e autenticità, come la stampa e il computer) e fondersi con il tessuto stesso della realtà (assumendo i tratti della naturalezza e dell'indistinguibilità da qualsiasi altro elemento considerato naturale, agricoltura e scrittura.)

Tuttavia, accanto all'asse verticale dello sviluppo, va considerato anche l'asse orizzontale rappresentato dal tempo e dal progressivo invecchiamento (o obsolescenza tecnologica) di qualunque innovazione, che sia tecnica, sociale o politica. Dopo un certo periodo, dopo cioè che un qualunque "novum" – per usare un termine caro al critico Darko Suvin – ha prodotto il suo effetto di "straniamento cognitivo", introducendo nella realtà un elemento familiare ma così diverso da suscitare paura (se negativo) e meraviglia (se positivo), ecco che l'esperienza di tale cambiamento non suscita più in noi nulla di forte, non smuove la nostra curiosità, né ci inquieta al punto di temerla, perché è diventata la norma, lo standard che abbiamo imparato a riconoscere. E allora tutte le innovazioni e le trasformazioni sociali introdotte da quel novum smettono di produrre l'originale senso del meraviglioso, quello sbalordimento e voglia di scoprire che sta alla base della narrativa di fantascienza.

Ecco un esempio concreto: immaginate di leggere una storia dove a un certo punto la protagonista, dopo aver fatto l'amore, prende una pillola straordinaria in grado d'interrompere – come per magia e senza nessuna conseguenza fisica – una gravidanza: cosa succederebbe a una lettrice che leggesse questa storia ai primi del '900? Di certo la prenderebbe per fantascienza. E a una che la leggesse negli anni '60? Forse ne sarebbe intimorita e spaventata, però chissà, magari la proverebbe come hanno fatto tante donne all'epoca. E a una lettrice di oggi? Probabilmente le sarebbe difficile fare senza.

Per questo motivo definisco la fantascienza come qualunque cosa capace di rendere la realtà obsoleta da un punto di vista tecnologico, sociologico o politico. Dopo l'invenzione della pillola, niente è più come prima: rapporti di coppia, controllo delle nascite, diritto familiare, la società si trasforma in senso libertario, cancellando di colpo, la storia precedente (i metodi anticoncezionali esistevano anche prima della pillola ma l'efficacia quasi assoluta la rende uno strumento di trasformazione ineguagliabile).

Ecco allora che soltanto quelle tecnologie e quei cambiamenti che si trovano nella loro fase di scoperta e nuova applicazione possono suscitare il desiderio o l'ansia di capire cosa succederebbe se quel novum diventasse realtà?

Lo steampunk è l'esempio perfetto al contrario: nel suo immaginare tecnologie anacronistiche, nel ricorrere a estetiche già note e vecchie di due secoli – dal motore a vapore, all'energia elettrica, dai computer meccanici, ai pizzi e ai merletti dell'epoca vittoriana – utilizza un novum scarico, una freccia spuntata, riempiendo la narrazione di armi caricate a salve, che possono colpire nel segno di un'ottima narrazione e di personaggi riusciti, ma che non possono aprire squarci di nuova conoscenza nei lettori né generare un vero senso del meraviglioso, così privato dell'elemento estraniante. Paradossalmente, nel caso in cui lo facesse diventerebbe fantascienza! Invece di chiedersi "cosa succederebbe se?", lo steampunk e il fantasy forniscono già la risposta, peccato che la domanda, diventando "come sarebbe stato bello il mondo se...", fa implodere qualunque realtà, rendendo la narrazione escapista e tutt'al più consolatoria.

Discorso diverso per il cyberpunk, i cui romanzi si svolgono quasi sempre in ambienti fortemente antropizzati – megalopoli di vetro e cemento – panorami sconfinati come lo "sprawl" orizzontale di William Gibson in *Neuromante* o la cupa Los Angeles verticale di Ridley Scott in *Blade Runner*, non-luoghi dove le esperienze naturali vengono vendute a caro prezzo sotto forma di vegetazione d'arredamento, animatronici da compagnia e realtà virtuali. In questi scenari assoggettati al turbocapitalismo che baratta il miraggio della ricchezza per l'illusione della sicurezza, l'uomo non vive ma sopravvive, evitando inquinamento e contaminazioni, rinchiudendosi in spazi angusti e protetti, ermeticamente isolati da qualunque contatto con l'esterno, che sia fisico, sociale o emotivo. L'eroe cyberpunk è tipicamente Case, il cowboy della rete virtuale, protagonista di *Neuromante*, un individuo solitario, bianco e americano, disadattato sociale che tira avanti sfruttando l'unica dote in suo possesso: la programmazione.

Le denunce del cyberpunk contro la globalizzazione tecnocratica, l'alienazione urbana e la criminalità informatica non trovano soluzioni, se non nella vittoria parziale del singolo individuo, nella momentanea salvezza dell'hack, fino alla prossima battaglia, fino alla prossima fermata di questo interminabile viaggio al termine della precarietà esistenziale.

Esattamente dove siamo noi adesso. Il "grado zero, l'oscuro presente in cui non comprendiamo nulla al di fuori di movimento ed efficienza, e in cui l'unica azione che ci è concessa è accelerare l'ordine esistente."[13]

Tirando le somme, se lo steampunk mette in scena retrofuturi in cui (nostalgicamente) ci sarebbe piaciuto vivere, il cyberpunk racconta di un presente futuribile già (cinicamente) realizzato in cui non ci piace vivere, il solarpunk prefigura scenari in cui (pragmaticamente) potrebbe piacerci vivere, a patto di rimboccarci le maniche.

Nel solarpunk – che si tratti del singolo o di un gruppo – i protagonisti non rinunciano alla lotta per la riappropriazione degli spazi abbandonati dal capitalismo o dall'inefficienza statale e la rivendicazione si trasforma in una lotta in nome di un'esigenza umana, di un principio condiviso dalla comunità, dal quartiere o da un paese intero contro la gentrificazione, l'espropriazione, l'abuso e la perdita d'identità.

Nell'articolo *On the Need for New Futures*, Adam Flynn afferma che queste storie si focalizzano "sulla ricerca dei modi per rendere la vita migliore per noi in questo momento e, ancora più importante, per le generazioni a venire, vale a dire, estendendo la vita umana come intera specie, anziché come individui singoli. Il nostro futuro riguarda il riutilizzo e la creazione di cose nuove con quello che abbiamo già (al contrario del 'distruggi tutto e costruisci qualcosa di completamente diverso', come nel modernismo del XX secolo). Il nostro futurismo non è nichilista come il cyberpunk, né è quasi-reazionario tipo lo steampunk: parla d'ingegno, creazione positiva, indipendenza e comunità."

---

13 James Bridle, Nuova Era Oscura, Nero, 2019.

Dai saggi e dalle storie pubblicati sinora è possibile costruire un parallelo tra cyberpunk e solarpunk a partire da elementi chiave come nello schema seguente:

CYBERPUNK - DISTOPIA	SOLARPUNK - UTOPIA
Capitalismo: Bancarchia, Proprietà privata, Multinazionali, Classismo, Speculazione, Globalizzazione e automazione del lavoro, Alti profitti/bassi salari, Competizione	**Anticapitalismo** Blockchain, Creative Commons, Cooperazione di massa, Economia P2P, Crowdfunding, Crowdsourcing, P2P, Equità sociale, Non-profit, Mutuo soccorso
Industria di massa Combustibili fossili, Esternalità negativa, Big Pharma, Agrobusiness, Indice PIL	**Economia circolare** Risorse rinnovabili, Riciclaggio, Permacultura, Indice di Sviluppo Umano
Urbanizzazione E-waste, Deregulation, Gentrificazione, Brutalismo e Architettura biopolitica	**Deurbanizzazione** Comunità resilienti, Mini-case, Orti urbani, Km 0, Bioarchitettura
Info-tech Realtà virtuale, Reti e Computer, Banche Dati, Biotecnologie, Droghe sintetiche	**Biomimesi** Fotosintesi artificiale, Social Network, Stampa 3D, A.I., Nanotecnologia

Andrew Dana Hudson, nel saggio *Sulle dimensioni politiche del solarpunk* spiega che "il solarpunk dovrebbe muoversi con calma e piantare qualcosa. Non chiedete il permesso a uno Stato vincolato agli oligarchi, e certamente non aspettatevi che quegli oligarchi facciano qualcosa per voi. Il giardinaggio politico è il modello, ma guardate più in là. Installazione d'assalto di pannelli solari. Ripristino d'assalto di impianti di depurazione. Costruzione d'assalto del magnifico tempio dello spirito umano. Creazione d'assalto di megastrutture per la cattura del carbonio."

Ecco che la lotta di uno o di pochi, diventa la lotta di molti. Chi combatte per un'idea, invece che per il proprio tornaconto, spesso trova alleati lungo il percorso.

Più di un genere, meno di un'ideologia.

L'innovazione tecnologica, da sola, non garantisce nessun miglioramento socio-politico. Le trasformazioni sono sempre accompagnate da modifiche della sfera culturale e psicologica che altera le scelte delle persone e quindi il comportamento.

La storia dell'energia solare ne è testimonianza. I primi a usarla, costruendo case orientate lungo l'asse nord-sud che massimizzassero l'irradiazione solare d'inverno, sono stati i Greci a causa della scarsità di legname sul loro territorio, ma quelli che l'hanno impiegata su larga scala sia per il riscaldamento domestico che in progetti architettonici grandiosi come le Terme di Diocleziano, sono stati i Romani, tanto da includere nel corpus del Codice Giustiniano il diritto all'esposizione solare dei famosi *heliocamini* con cui si forniva calore agli ambienti.

Da allora e per tutto il Medioevo, il solare è pressoché scomparso, fino a dopo l'Illuminismo: "Nel diciottesimo e all'inizio del diciannovesimo secolo, le innovazioni nell'architettura solare videro un grande boom. Spronati dalla 'Piccola Era Glaciale' dal 1550 al 1850 – una stranezza geologica in cui l'Europa attraversò un periodo estremamente freddo – i metodi di riscaldamento alternati portarono alla proliferazione di strutture con vetrate e all'Epoca delle Serre (...). La capacità di coltivare prodotti durante tutto l'anno era particolarmente auspicabile, visti i nuovi frutti importati dalle colonie che gli europei avevano cominciato ad apprezzare."[14]

Al crescere della classe borghese, si è passati dalla serra alla veranda, una stanza con annesso impianto di riscaldamento solare in cui, invece dei prodotti agricoli, venivano esposte meraviglie botaniche come fossero oggetti di pregio e attestazioni di ricchezza, tanto da diventare un'importante caratteristica dell'architettura tardo-vittoriana. Un secolo dopo, quando si diffuse l'uso del carbone, le verande non vennero più riscaldate con l'energia naturale del Sole ma artificialmente, bruciando combustile fossile. E agli inizi del novecento, con l'avvento dell'Art Nouveau, le serre avevano già perso la loro funzione originale, restando un semplice ornamento ispirato alla natura: esempio decorativo di architettura sostenibile, relegato a una forma consentita di passatempo per casalinghe.

Tra i primi a impiegare la tecnologia solare in tempi moderni va ricordato Augustin Mouchot, matematico francese che inventò un prototipo di motore a vapore a energia solare intorno al 1860. Salutato come una meraviglia, venne mandato in Algeria, perché il sole francese non era abbastanza forte per alimentare la macchina. Lì, Mouchot sviluppò altri progetti, tra cui forni e pozzi di distillazione a energia solare, tuttavia il rapido miglioramento delle tecniche di estrazione e trasporto del carbone posero presto fine a una prematura "Età del Sole", che ancora oggi – nonostante le tecnologie siano pronte da anni – non sembra arrivare con la necessaria determinazione per mancanza di volontà politica e industriale verso una naturale transizione energetica.

---

14 *Is Ornamenting Solar Panels a Crime?* Elvia Wilk, <https://www.e-flux.com/architecture/positions/191258/is-ornamenting-solar-panels-a-crime/>.

Esteticamente, il solarpunk riporta la natura al centro e la osserva in maniera attenta e diversa da quanto fatto ultimamente, con materiali artificiali e un gusto postmoderno. Non si parla di fantasie floreali o di un ritorno a una specie di "primitivismo". Al contrario, il biomimetismo, l'ispirazione e il ricorso cioè a materiali, schemi e modelli ispirati alla natura, prevede l'inserimento o la fusione di tali elementi nelle infrastrutture urbane, negli edifici pubblici e privati, e nei tessuti dei vestiti. Invece di rappresentare la natura con strumenti artificiali, si imitano i suoi processi naturali: si pensi, ad esempio, alla geo-ingegnerizzazione solare, detta anche gestione della radiazione solare, per combattere il surriscaldamento globale attraverso l'immissione nell'atmosfera terrestre (a circa 20 km dalla superficie) di grandi quantità di acido solforico con cui riflettere e disperdere parte della luce solare nello spazio. Questa tenue ombreggiatura, riducendo la quantità di energia solare che raggiunge il pianeta, diminuirà gli effetti di surriscaldamento provocati dai gas serra come l'anidride carbonica, mitigando, almeno in parte, la situazione generale. Oppure basti pensare al sogno della fotosintesi artificiale, proposto per la prima volta dal chimico italiano Giacomo Ciamician, durante l'ottavo Congresso Internazionale di Chimica Applicata che si tenne a New York l'11 settembre 1912. Parlando de *La fotochimica dell'avvenire*, Ciamician indicò la strada da seguire con parole che ancora oggi suonano profetiche: "il futuro della chimica e dell'industria, (...) è chiaro: sta tutto nella nostra capacità di imparare a 'fare come le piante'. Ovvero a trasformare la luce del Sole (energia radiante) in movimento ordinato di elettroni (energia biochimica) e conservare questa energia in molecole complesse. Detto in altri termini, noi chimici dobbiamo imparare come si fa la fotosintesi. Perché il futuro non solo e non tanto della chimica, ma anche e soprattutto dell'umanità, dipenderà molto dalla nostra capacità di sviluppare la fotosintesi artificiale."[15]

L'ostacolo principale per lo sviluppo della fotosintesi artificiale è che il procedimento in natura è inefficiente. Le piante convertono solo il minino indispensabile per la sopravvivenza, circa l'1% di carbonio e acqua in carboidrati. Tuttavia, l'efficienza ottenuta in laboratorio è arrivata oggi a circa il 10% e recentemente i ricercatori della Monash University di Melbourne, in Australia, hanno raggiunto un livello di efficienza del 22%.

Passando a un altro aspetto importante dell'approccio solarpunk, a una domanda di Suzanne Jackobs sull'idea di design del movimento Adam Flynn risponde: "Dobbiamo pensare a un paradigma (...) più costruito e modulare, in grado di adattarsi agli eventi futuri che non possiamo prevedere. Adoro cose come Rails-to-Trails[16] perché è un adattamento ragionato di un'infrastruttura esistente verso fenomeni che ci avvantaggiano qui e ora, in modo da non avere più mega-progetti giganteschi che prendono polvere da qualche parte perché i presupposti che li tenevano in piedi non sono più sostenibili. Alla fine, sarebbe bello se avessimo uno di quegli smartphone modulari, in cui sostituisci le parti un po' alla volta. In generale, sono dalla parte di chi pensa che dovresti poter aprire e riparare la tua tecnologia. Per quanto bella sia stata l'esperienza del giardino recintato della Apple, ha incoraggiato un senso di opacità e passività nei confronti della tecnologia che ritengo deplorevole."[17]

---

15 Lavorare per il sogno di Ciamician, Rivista Micron, 20/07/2019: <https://www.rivistamicron.it/temi/lavorare-per-il-sogno-di-ciamician/>.
16 Rails to Trails sono percorsi pubblici polifunzionali creati su vecchi corridoi ferroviari. <https://www.railstotrails.org/>.
17 Intervista ad Adam Flynn <https://grist.org/business-technology/this-sci-fi-enthusiast-wants-to-make-solarpunk-happen/>.

L'arte solarpunk – in linea con l'idea di inclusività radicale – fonde l'architettura solare dei popoli antichi con le visioni futuristiche di architetti come Paolo Soleri e il suo prototipo di Arcologia chiamata *Arcosanti* in Arizona o la bioarchitettura di Vincent Callebaut e di Stefano Boeri, attualmente impegnato nella costruzione di una Città Foresta, un modello urbanistico di rigenerazione ambientale, sostenibilità energetica e incremento della biodiversità a Liuzhou, nel sud della Cina.

Nel tentativo di realizzare un'impollinazione artistica incrociata, il solarpunk raccoglie suggestioni dalle fonti più disparate, tecnologie di frontiera delle Maker Fair, da avanguardie artistiche come l'Afrofuturismo, da sprazzi di controcultura come il Burning Man Festival, per rimodellarli in qualcosa di liberatorio, rielaborando e reinventando stili e tendenze in un contesto diverso. È un'ibridazione trasversale che celebra l'antica saggezza popolare come conservazione della propria identità, l'esperienza artigianale rispetto alla produzione massificata di oggetti e di esperienze alienanti, il rispetto per la diversità culturale e uno sviluppo tecnologico integrato, creativo e sostenibile, pur rimanendo sensibile ai problemi dell'appropriazione culturale, quel "prendere" invece di "partecipare", tipico delle culture dominanti nei confronti di quelle subordinate.

Uno dei rischi maggiori infatti è rappresentato proprio dalla normalizzazione del contenuto rivoluzionario del solarpunk: essere ridotto a meme, a trend, ad hashtag, messo a scaffale con una copertina lucida, oppure addosso a una modella sorridente ed esposto in vetrina e venduto come il sogno di un futuro splendente.

"Un'etichetta a effetto e un manifesto," dice William Gibson in un'intervista al Paris Review del 2011, "sarebbero state le ultime due cose sulla lista dei miei desideri in carriera. Quell'etichetta ha permesso alla fantascienza tradizionale di assimilare in modo sicuro la nostra influenza dissidente, com'era in realtà. Il cyberpunk poteva quindi essere abbracciato e ricevere premi e accarezzato sulla testa, e la fantascienza poteva andare avanti senza cambiare. (...) Io non avevo un manifesto. Avevo un po' di malcontento. Mi sembrava che la fantascienza tradizionale americana degli anni '50 fosse stata spesso trionfalista e militarista, una specie di propaganda popolare dell'eccezionalismo americano. Ero stanco dell'America-come-futuro, del mondo come monocultura bianca, di un protagonista bravo ragazzo della classe media o superiore. Volevo che ci fossero più margini di manovra. Volevo fare spazio agli antieroi."[18]

Come già successo con il cyberpunk, il pericolo è che il solarpunk venga ridotto a un'altra moda passeggera, fagocitato dal consumismo e trasformato nell'ennesima arma d'intrattenimento e distrazione di massa. Al contrario, il solarpunk si configura come un contenitore di contro-narrazioni sulle ipotesi, presenti e future, che precludono la costruzione di valide alternative.

Le due anime del fenomeno: Solar + Punk

Composto dalla radice "solar" e dalla desinenza "punk", il solarpunk raccoglie in sé elementi che a prima vista possono sembrare lontani, se non addirittura contradditori. Tuttavia, a un'analisi più profonda, non faticano a convivere. L'uso che le narrazioni solarpunk fanno dei due termini, infatti, possono essere rappresentate mediante una seconda griglia che ne delinea le tematiche principali.

---

18 Intervista di David Wallace-Wells a William Gibson, The Paris Review, 2011 <https://www.theparisreview.org/interviews/6089/william-gibson-the-art-of-fiction-no-211-william-gibson>.

SOLAR	PUNK
Luce: in contrapposizione ai toni cupi e decadenti della fantascienza attuale e della narrazione del presente fatta dai media globali	**Ribellione**: esplorazione di tutto ciò che va contro il sistema, ricerca di soluzione "altre" non necessariamente negative, critica e messa in discussione della realtà
Giorno: in contrapposizione alla notte permanente in cui le storie cyberpunk e distopiche hanno luogo.	**Economia circolare** Risorse rinnovabili, Riciclaggio, permacultura, Indice di Sviluppo Umano
SOLAR	PUNK
Energia pulita: come strumento per non danneggiare l'ambiente e noi stessi. L'unione di natura e tecnologia, contro la sottomissione della Terra mediante deforestazione, inquinamento e industria.	**Entusiasmo**: L'energia positiva di un concerto rock o di una Maker Faire. Raggiungimento degli obiettivi con quell'energia contagiosa, fonte di ispirazione continua.
Inclusione di gruppi marginalizzati: Come il sole tocca tutti, senza distinzione di razza e ceto sociale, è necessario includere chiunque abbia una disabilità fisica o mentale, le minoranze etniche e quelle discriminate sulla base di preferenze sessuali o politiche.	**Tribalismo**: Estetica e identità di gruppo fatta di vestiti di pelle, tatuaggi, piercing, creste e acconciature rasta per riconoscersi e creare un senso di comunità e appartenenza da cui può emergere una nuova sensibilità.

Per quanto ambiziosi possano sembrare gli obiettivi del solarpunk, non si discostano molto dai fini delle carte costituzionali di molti paesi: "Una cultura solarpunk dovrebbe cercare di dissolvere ogni forma di gerarchia sociale e dominio – sia essa basata su classe, razza, genere, sessualità, abilità o specie – disperdendo il potere che alcuni individui o gruppi esercitano su altri e aumentando così la libertà aggregata di tutti; restituendo autonomia a chi ne è stato privato e includendo gli esclusi. Ha le sue radici nell'eredità di movimenti quali il socialismo antiautoritario, il femminismo, la giustizia razziale, l'emancipazione di *queer* e *trans*, le lotte alla disabilità, l'anti-segregazionismo animale e i progetti di libertà digitale."[19]

Nel mandare in frantumi la rigidità con cui la narrazione mainstream descrive il presente – tra la crescita infinita del capitalismo e la catastrofe apocalittica dei suoi detrattori – il solarpunk traccia il sentiero, accidentato e tortuoso, verso un cambiamento percepito da molti come necessario. Sebbene i mondi perfetti non siano realizzabili né tanto meno auspicabili, ciò non significa che dovremmo temere di immaginare un futuro migliore, soprattutto quando la lotta alle disuguaglianze e all'inquinamento ambientale sono alla nostra portata. Che sia in forma di narrazione fantascientifica, d'innovazione tecnologica, di movimento civico o di partito politico, il solarpunk è la cassetta degli attrezzi con cui costruire un domani migliore.

Come disse Oscar Wilde, "Non vale nemmeno la pena di guardare una mappa del mondo che non include l'Utopia, perché lascia fuori l'unico paese in cui l'umanità è sempre approdata. E quando l'umanità arriva lì, guarda lontano e, vedendo un paese migliore, torna a salpare. Il progresso è la realizzazione delle utopie."[20]

In conclusione, "le tecnologie che informano e plasmano la nostra attuale percezione della realtà non spariranno di certo, e in molti casi non dovremmo nemmeno augurarci

---

19 Tratto dall'articolo "What is Solarpunk?" <https://solarpunkanarchists.com/2016/05/27/what-is-solarpunk/>.
20 O. Wilde, *The Soul of Man Under Socialism*

che succeda. Su un pianeta di 7,5 miliardi di abitanti in crescita costante, i nostri sistemi di supporto vitale dipendono in tutto e per tutto da simili tecnologie. La comprensione di questi sistemi e delle loro ramificazioni, e delle scelte coscienti che compiamo nel momento in cui li progettiamo nel qui e ora, resta senz'altro alla nostra portata. Non siamo inermi, non siamo privi di agentività, non siamo limitati dall'oscurità. Dobbiamo solo pensare, e poi ripensare, e poi continuare a farlo. La rete – cioè noi e le nostre macchine e le cose che scopriamo insieme – ce lo impone."[21]

Se la fantascienza aiuta a riflettere sul futuro, il solarpunk propone strategie concrete su come realizzarne uno auspicabile, già adesso, ovunque siamo e con quel che abbiamo, per noi e le generazioni a venire. Che non sia l'ennesima falsa partenza.

---

21 James Bridle, Nuova Era Oscura, NERO, 2019. Pag. 281.

Illustrazione di Valentina Manea

Il rifiuto

La porta girevole la sputa fuori dalla banca come fosse cibo avariato.

Con la bocca, Carla mima un "vaffa" all'impiegato che scuote la testa dall'altra parte del vetro. Poi fa una smorfia con la lingua di fuori all'androide infilato dentro un uniforme da guardia giurata nel gabbiotto. Gli occhi dell'agente emettono una sequenza di led rossi sfarfallanti e prova ad alzarsi ma l'impiegato gli fa cenno di lasciar stare. Carla spalanca la cassetta di sicurezza all'ingresso, sbatte lo sportellino tanto per rincarare la dose e si riprende gli anelli, le catenine e il cellulare per chiamare la sua àncora di salvezza.

"Pronto Basma, sì, è andata male," dice appena indossati gli auricolari, fuori dalla banca, agenzia Ostiense/Garbatella.

"E stavolta il motivo quale sarebbe?"

Il traffico è bloccato a causa di un'auto a guida autonoma che ha perso il segnale GPS e continua a impegnare la rotatoria all'infinito. Un frastuono di clacson squarcia l'aria e, come se non bastasse, il sole batte così forte sulla testa di Carla da costringerla a proteggersi gli occhi con l'altra mano.

Va verso la bici poggiata al muretto della scuola lì vicino.

"Solita solfa... Prima ha controllato quei cazzo di database SIC e ha trovato le note delle tre richieste precedenti, tutte rifiutate."

Vorrebbe strappare la catena a morsi, prenderla a calci, e attorcigliarla intorno al collo dell'impiegato; invece digita la sequenza di sblocco del lucchetto sull'app del cellulare.

"Ma non erano gravi... solo in ritardo," risponde Basma.

"Abbiamo saldato le rate scadute, è passato più di un anno."

"Infatti, poi ha visto i contratti a chiamata degli ultimi cinque anni."

"Che bastardo..."

La maglietta le aderisce sulla schiena, lasciandole addosso ampie chiazze di sudore.

"E continuava a sollevare il sopracciglio con aria di superiorità, allora non ci ho visto più."

"Che hai fatto, Carla? Non l'hai picchiato, vero?"

"Mi sono trattenuta, però gli ho detto che i soldi ci servivano per installare due braccia Kuka nel fab-lab e stampare protesi medicali a basso costo, mica per comprarci la droga, come pareva dire la sua faccia schifata."

Sbloccata la bici, Carla la inforca con un balzo e si rimette in strada.

"Ma almeno ha visto il business plan con i prototipi e le applicazioni?"

"Sì, ha buttato un occhio alle immagini, come tutti gli altri prima di lui. E non ci ha capito nulla, come tutti gli altri prima di lui. Alla fine, sai come se n'è uscito?"

Appena il cellulare spara un bip d'allarme di batteria scarica, Carla srotola il cavo USB dallo zaino e lo collega alla presa dei tulipani a vento che stanno girando sul manubrio.

"Che le banche vogliono sicurezza, anche nelle ipotesi più remote di mancato adempimento, bla bla bla e quindi senza garanzie, un'immobile sarebbe potuto tornare utile."

"Spero che tu non gli abbia offerto il casale."

"Certo che no, a quel punto mi sono alzata e gli ho mostrato il dito medio, anzi due."

Su via Ostiense, il traffico singhiozza mentre lei sfreccia tra la corsia d'emergenza e il marciapiede nel tentativo di schivare i cumuli di spazzatura che minacciano di farla cadere ogni cento metri.

"E allora lui, mezzo offeso, ha aggiunto che l'immobile occupato – seppure in condizioni di fatiscenza e nella remota ipotesi di vendita – potrebbe non bastare a coprire la richiesta di 25.000 euro."

Di solito, in prossimità di un videoforo rosso, Carla preferisce zigzagare tra le file di auto per due motivi: 1) va comunque più veloce delle auto controllate dai sensori di prossimità dell'incrocio; 2) si diverte a schernire quelli che schiumano nelle loro scatole semoventi.

"Adesso che fai?"

"Che faccio, torno a casa."

"Ricordati la crema! Oggi il sole schianta."

"Sì, mammina," risponde lei prendendo un tubetto dalla tasca del marsupio. Strappa il tappo coi denti e si spreme due righe di crema solare sulle spalle. "Come vorrei che questa roba potesse convertire un po' di calore in energia e non solo in sudore."

"Magari qualcuno ci starà già pensando."

Bruciando rabbia, Carla si alza la mascherina sul volto e spinge più forte sui pedali. I tulipani emettono un suono piacevole ed energizzante, come tante piccole turbine.

Il ritorno

Serra Spino abbraccia un'intera collina poco fuori il Raccordo Anulare, in fondo a via Portuense. Carla ci vive da tre anni insieme agli amici con cui ha occupato un podere abbandonato, un vecchio rudere, parte del terreno di un'azienda agricola che riforniva la centrale del latte di Torre in Pietra. In lontananza, si scorgono i profili tondeggianti dei Compositori Edilizi e le impalcature delle nuove case popolari di Ponte Galeria; sotto di lei, il dissesto del manto stradale diventa prima una stradina di campagna e poi un sentiero polveroso. La bici sobbalza tra buche nell'asfalto crepato, dossi e radici.

Oggi i picchetti contro la discarica di Malagrotta non ci sono. Di solito la fila di auto rassegnate e incolonnate arriva fino al Raccordo.

Carla sale per un viottolo lungo un crinale invaso da rovi di more. Da sopra, scendono due cuccioli festosi, un labrador e un pastore tedesco, senza guinzagli e con i collari borchiati. Abbaiano in segno di saluto e la accompagnano fino a un cancello in ferro.

All'ingresso del podere c'è un'insegna del famoso coffee-shop di Amsterdam, il BULLDOG. È stata Basma a rifarla uguale identica con una PRUSA PRO7, in ricordo della loro prima vacanza insieme per festeggiare il permesso di soggiorno avuto due anni fa. Solo che al posto della B c'è una P e una S finale per cui la scritta è diventata PULLDOGS, il nome della loro comunità e un gioco di parole, perché affrontano la vita come fossero cani da traino.

Sul lato sinistro c'è uno spiazzo, dove sono sistemati alcuni risciò simili a quelli che circolano al Pincio; sono i mezzi migliori per portare i bambini in gita al mare a Focene. Dietro al parcheggio e lungo il pendio della collina s'intravede l'orto, qualche telone solare è tirato su dei pali a formare una serra automatizzata lunga trenta metri. All'interno, una ventina di fioriere sono state riutilizzate per farci crescere verdura di stagione; da ultimo, un pozzo artesiano rifornisce d'acqua la comunità.

A quest'ora è di turno Anna, una ragazza ucraina con una maglietta dei GOGOL BORDELLO e le cuffie in testa, che innaffia le piante muovendo la testa avanti e indietro come fosse un picchio. Infine, al centro, sotto l'edificio principale, una pila di mattoni grezzi, sfornata dalle stampanti comuni, sta per essere assemblata in un forno per la pizza.

"Mi dispiace, amore mio... ma non ho mai creduto alla soluzione finanziaria," dice dall'alto Basma espirando un rivolo di fumo da una sigaretta elettronica caricata con una miscela di cannabis. Se ne sta poggiata al parapetto della scalinata a prendere una bava di vento e si gode lo spettacolo della sua ragazza, sudata, accaldata e un po' imbronciata. Le piace quando Carla tira fuori le unghie (o anche le dita dei medi), perché poi deve confortarla e allora ci scappa una coccola fuori programma.

"Lo so, però conosciamo troppa poca gente per un crowdfunding come si deve."

Mentre Carla sale i gradini, Basma le sventola davanti una lettera che teneva nascosta nel suo "artiglio", le tre dita che le sono rimaste dopo l'incidente con la mina.

"Per te. Arrivata stamattina."

Carla raccoglie l'abbraccio di Basma, le poggia la testa sulla spalla e prende la busta. Quel senso di sollievo e di sicurezza momentanei dura il tempo di uno sguardo all'indirizzo del mittente sulla raccomandata.

"Oh, cazzo," fa lei staccandosi da Basma, come per non estendere quel fastidio anche a lei. "Il timbro di Sant'Antioco. Studio legale Podda."

"Conviene metterci a sedere."

Entrate, si accomodano sulla panca in cucina. Lo spazio comune può accogliere fino a venti persone, cosa che avviene durante una festa o un compleanno perché di solito ognuno usa la cucina a qualunque ora del giorno e soprattutto della notte; il caldo ha imposto nuovi ritmi, e ogni pasto è scalato di circa sei, sette ore: la colazione ha scalzato il pranzo, il pranzo è scalato alla cena e la cena è diventata un evento da notte fonda.

Carla scarta la busta sapendo che si tratta di sua nonna Giuliana, deceduta otto mesi fa.

Le torna in mente il funerale perché c'era andata da sola, senza Basma, e perché era stato celebrato due volte: il primo, ufficiale, si era svolto nella basilica di Sant'Antioco Martire alla presenza del sindaco e di alcuni funzionari più interessati a incensare se stessi e a promuovere le attrattive locali che la figura di Giuliana Pinna, mentre il secondo, informale, aveva coinvolto tutti quelli che, tra apprendisti, clienti, amici, esperti ed appassionati, avevano frequentato il laboratorio del Maestro nel corso di quasi settant'anni. Giuliana, infatti, aveva abitato per gran parte della sua vita in quel luogo che era stato prima una casa, poi una scuola, e infine un centro culturale e addirittura un museo cittadino, tessendo e filando una fibra straordinaria di origine animale come il bisso, prodotta dal più grande mollusco del Mediterraneo, la nacchera o pinna nobilis.

"Alla fine, è arrivato il testamento di mia nonna," dice Carla, leggendo riga per riga. Una volta terminato, non riesce a trattenere le lacrime. "Mi ha lasciato le sue tele."

"Quelle di bisso?"

"Sì, e mi sento in colpa, non sono andata a trovarla spesso negli ultimi anni, ci sentivamo solo via whatsapp. Era anche andata in depressione."

"Tua nonna? Non ci credo..."

"Sì, il comune aveva aperto un museo del bisso solo che avevano subito litigato a causa del biglietto d'ingresso. Per mia nonna il museo doveva essere gratis per tutti, perché il bisso non era artigianato da vendere. Lei credeva nell'open source e nell'open access ancora prima che li inventassero. Avrebbe voluto che il museo fosse una specie di scuola pubblica."

"E come è finita?"

Carla si allunga per prendere una bottiglia di vino all'altro capo del tavolo. Poi afferra un bicchiere, lo riempie fino a metà e se lo scola.

"È finita che il comune ha chiuso il museo e ci ha fatto un centro anziani col campo da bocce."

"Ci credo che è andata in depressione."

Riempito un altro mezzo bicchiere, Carla lo offre a Basma, che la imita.

"Però dopo..." prosegue Carla, "mia nonna ha riaperto il museo all'intero del suo laboratorio e ha trovato un apprendista – uno finalmente degno di questo nome come l'ha definito lei – che le ha fatto tornare il buonumore."

Carla ha un'espressione corrucciata e Basma la stringe a sé. "Buonumore che non è ereditario."

"Come no? Non vedi?" fa lei, ridendo mentre una lacrima ostinata non demorde.

"Quindi devi andare a Sant'Antioco?"

"Sì, non credo proprio che mia madre abbia voglia di farlo." Si pulisce il viso e s'infila la lettera in tasca.

"E la sua parte di eredità?"

Lei scrolla le spalle. "Non lo so, ci penserà l'avvocato Podda."

La madre di Carla, Maria, aveva litigato con Giuliana anni prima e da allora i loro rapporti si erano raffreddati. Tuttavia, Carla, dopo il trasferimento a Roma, aveva continuato a sentire sua nonna, anche all'insaputa della madre. In fondo i loro attriti personali non la riguardavano, anche se in realtà era comunque lei l'oggetto del contendere: un'antica disputa che non aveva smesso di produrre i suoi effetti su tre generazioni di donne della famiglia Pinna.

"D'accordo, allora io cerco il costume e tu prenoti il *draghetto*," fa Basma con un occhiolino finale. Lei sapeva sempre come sdrammatizzare, chiamava la nave "draghetto" perché era convinta che l'avrebbe trasportata in un luogo incantato come la Sardegna. Per una come lei, sopravvissuta agli orrori e alla devastazione della Siria, il paragone poteva starci.

L'ALLIEVO

La porta del laboratorio è chiusa e Carla non prova neppure ad aprire la maniglia. C'è ancora il cartello appeso con l'orario del Maestro che recita:

QUANDO C'È, È PERCHÉ È ARRIVATA
QUANDO NON C'È, È PERCHÉ È ANDATA
E CHI NON LA TROVA TORNA.

"Che si fa?" chiede Basma perplessa.

"Vieni, quando nonna si dimenticava le chiavi, passavamo da qui."

Fatti alcuni passi in discesa, Carla svolta a sinistra e imbocca vicolo Regina Margherita. Risale il viottolo e si ferma davanti a una porticina, sul retro di casa.

"Sta' a vedere…"

Carla conta a mente alcuni mattoni dal basso, poi va a sinistra, sale un po' e infine estrae un mattoncino dal muro, lo gira e scopre una nicchia dove c'è attaccata una chiave con lo scotch. Infila la chiave nella serratura, apre la porta e fa strada a Basma all'interno della casa-bottega-laboratorio-museo di sua nonna Giuliana.

L'odore di chiuso colpisce per primo le narici, poi arriva quello salmastro del mare, impregnato nelle matasse di lana e di lino sparse dappertutto.

Carla inspira a pieni polmoni. "Ho passato tante estati qui. Mia nonna diceva che uno può mettersi i vestiti sciccosi che vuole, ma non può mai nascondere le sue origini, allo stesso modo le fibre si possono tingere in modi diversi senza mai togliergli la provenienza e soprattutto l'essenza. Il bisso non sarà mai lino, né cotone…"

La casa è composta da un'ampia camera divisa in due sezioni: quella posteriore, da cui sono entrate, è il laboratorio, mentre nella zona anteriore, con in cima un arco di pietra, Giuliana accoglieva il pubblico, accanto al telaio. A destra, c'è un cucinotto e a sinistra una stanza da letto e un bagno. Basma si appoggia a un corrimano. "La scala dove porta?"

"Sopra c'è un'altra stanza. Quando venivamo da nonna, io dormivo lì con mamma."

Nella penombra, si scorgono vari utensili appesi al muro e altri sparpagliati sui tavoli: vecchie spole, conocchie logore, fusi e cardi di varie misure, e assi di telai da riparare. E poi i ricami e i drappi di Giuliana, tramandati di generazione in generazione, a partire da chissà quando nel passato della famiglia Pinna, forse addirittura da una famigerata principessa di Caldea arrivata in Sardegna ai tempi dei romani: animali fantastici a difesa delle donne, uccelli simili a pavoni che proteggono la pace, figure astronomiche come stelle e lune per orientare le imbarcazioni in mare, geometrie terrestri ed acquatiche, alberi della vita carichi di frutti, e antiche torri nuragiche. Dietro ogni immagine si nasconde un significato simbolico e miti e leggende che avevano fatto di Giuliana Pinna l'ultimo Maestro di bisso.

Filo dopo filo, tutti questi universi fantastici avevano preso vita su un antico telaio a mano che era ancora lì, intatto, e sul quale era montato un ordito di lino a trama di bisso. Sua nonna l'aveva usato fino all'ultimo giorno con l'agilità delle sue stesse unghie. Adesso quelle storie tornavano a galla nella memoria di Carla, un fluttuare verso il passato – dolce e allo stesso tempo amaro – che la lasciava alla deriva di tante esperienze vissute insieme a sua nonna.

Dallo scuro della finestra filtra una lama di luce e fa brillare un drappo poggiato su una sedia tra foglie, radici e cortecce. Ha un colore vivido, tra il marrone brunito e l'ocra. Carla si avvicina e lo sfila con delicatezza da sotto una cornice. Poi, sbalordita, si accorge che non si tratta di una cornice, ma di dita, sottili e levigate. Solleva lo sguardo e intravede le fattezze di un volto. Con uno scatto, fa un balzo all'indietro, stringendo il tessuto al petto.

Basma s'incuriosisce e osserva quello che sembra essere un androide, spento e impolverato.

"Oh, quel coso mi ha fatto prendere un colpo!" dice Carla, appena si riprende dallo spavento. "Che ci fa qui un affare del genere. Somiglia alla guardia giurata nel gabbiotto della banca."

"Guarda, c'è una scritta a pennarello sulle sue spalle."

PER CARLA

LUI È STEPHAN, IL MIO ASSISTENTE

VIENE DA BASILEA E SA TESSERE IL MARE

FA PARTE DELLA TUA EREDITÀ

SIAMO NELLE SUE MANI

"Tessere il mare," ripete Carla quasi sovrappensiero.

"Ti ricorda qualcosa?"

Lei si siede al telaio, guarda il tessuto e, come ipnotizzata, inizia a muovere le labbra. Dalla bocca, le esce un mormorio, simile a una litania poetica.

Ponente Levante, Maestro e Grecale,
prendi la mia anima e buttala nel fondale,
che sia la vita mia per essere, pregare e tessere,
per ogni gente che da me viene e da me va,
senza terra, senza nome, senza confini, senza colori, senza
denari,
per essi porterò in superficie il filo dell'acqua,
per essi tesserò il filo dell'acqua che a tutti apparterrà,
sarà di donna e bimbo il mio pregare all'alba,
il mio pregar di sera di uomo che li accompagna,
da essi riceverò in umiltà e pace quanto vorranno e potranno
per il mio vivere sano,
nel nome del Leone dell'anima mia, del grande Padre,
della grande Madre,
così era, così è, così sarà.

Io giuro.

"Oh, mi sono venuti i brividi, Carla, sembra una formula magica."

"E lo è, si chiama Giuramento dell'acqua. Quando venivo d'estate, mia nonna mi portava al mare e me lo faceva ripetere un giorno sì e l'altro. Qua vicino c'è una baia meravigliosa dove crescono le nacchere, sono loro a produrre una specie di bava con cui si difendono dai polipi e si ancorano al fondale. Mia nonna s'immergeva a quattro, cinque metri di profondità e raccoglieva i filamenti che, una volta lavorati, si trasformavano in bisso."

"Mi piacerebbe vederle."

"Domani ti ci porto. Però dobbiamo scoprire come accendere Stephan."

Basma gira intorno all'androide e prova a ispezionarne il corpo.

"Non sarà facile, oltre a essere spento, mi sa che è anche rotto," dice sollevando la maglietta di Stephan e mostrando il busto tranciato e poggiato sul bacino. Il corpo è tagliato in due sezioni: fili, cavi e giunture penzolano e ricadono flosce da ambo le parti.

Stephan s'inclina e se Carla non accorresse a sorreggerlo finirebbe dritto in terra.

Le ragazze prima si guardano preoccupate e poi scoppiano a ridere.

"Mi sa che Stephan l'ha combinata grossa."

"Dici che ha fatto arrabbiare tua nonna?"

Sa Giunchera

Lasciate le bici accanto a un muretto, Carla e Basma non resistono più: attratte dall'acqua, affrettano il passo e infine si mettono a correre sulla spiaggia mentre si tolgono i vestiti e finiscono per gettarsi in un mare limpido e rinfrescante.

Carla si guarda intorno, entusiasta di rivedere quel posto. L'ultima volta, tanti anni fa, la sua manina era in quella di Giuliana, mentre adesso tiene sott'acqua quella di Basma.

"Da piccola, quando arrivava lo scirocco, mia nonna mi faceva mettere una tunica e una cintura di ossidiana e poi eravamo pronte a scendere. Diceva che avremmo raccolto i capelli delle sirene, lunghi come i miei."

"E questi capelli fantastici sarebbero qui sotto di noi?"

"Giusto, estrarre la seta dalle conchiglie era divertente, invece doverle dissalare per venticinque giorni e cambiargli l'acqua ogni tre ore, era di una noia mortale."

"Le pozioni magiche non sono facili da preparare, altrimenti le farebbero tutti," dice Basma spruzzando un po' d'acqua addosso a Carla.

"E dovevamo raccogliere anche quindici alghe, e metterle in un catino con succo di limone e acqua di mare. La magia avveniva perché la procedura andava fatta durante l'eclissi lunare che avviene ogni quattro anni."

"Allora oggi niente magia?"

"No, oggi solo esplorazione di Sa Giunchera. Tu sai immergerti, vero? Vedrai, qui sotto è una meraviglia!"

"Non sono un'esperta ma sopravvivrò!"

"D'accordo prendi questa," dice Carla porgendole una cordicella. "Se hai problemi, tira."

La mano di Basma forma un ok che, con il suo artiglio, sembra un gestaccio. Carla le da un bacio e la spinge sott'acqua. Poi la guida piano verso il basso.

La felicità di una passeggiata in immersione dura il tempo di intravedere il fondale marino. Dove fino a pochi anni fa crescevano prati sterminati di Posidonia, oggi c'è solo un deserto sabbioso ricoperto di una massa di vegetazione secca, da cui spuntano steli rinsecchiti. Dove fino a pochi anni fa si ergevano le sagome oblunghe della nacchere, fino a un metro e mezzo d'altezza, come sentinelle silenziose della baia di Sa Giunchera, oggi sono rimasti una sessantina di gusci vuoti, aperti e nudi, inclinati su di un lato o adagiati sul fondale, senza neppure un polipo abusivo a occuparne il bivalve.

Carla fluttua in quel cimitero sottomarino come se fosse lei stessa un fantasma, ricordando quante volte, insieme a sua nonna, ha cacciato i polipi dai campi di nacchere: appena gli animali trovavano le conchiglie semiaperte a causa della luce solare che filtrava dall'alto, subito infilavano i tentacoli nel guscio e si mangiavano la nacchera, poi la rovesciavano in terra e ci facevano la casa dentro.

Questo spettacolo è ancora più orribile.

Il filo si tende e Carla si guarda intorno senza trovare Basma. Poi la vede risalire e il filo si tende ancora di più. Pochi secondi e tornano in superficie.

"Oh, io non ho mica il tuo fiato," dice Basma inspirando a fondo. "Un altro po' in apnea e sarei svenuta."

"Scusa, ma lì sotto è un disastro, un'ecatombe. L'ultima volta che sono stata qui..."

"Scommetto che era molto diverso."

"Sì, sono sconvolta! Le nacchere abitavano qui da millenni, questa baia era il loro habitat naturale. Loro appartengono a Sant'Antioco... e dovrebbero restarci per sempre. Non ha senso."

Quella devastazione ricorda a Basma la distruzione del territorio siriano, lei sa cosa significa perdere la speranza e insieme l'illusione che certi drammi non ci capitino mai in prima persona. Ha dato due dita in pegno a quella tragedia per colpa delle schegge di una mina piazzata lungo la strada per andare a scuola, e tuttavia lei è riuscita a scappare da quell'inferno appena possibile, mentre le nacchere non hanno potuto, perdendo la loro casa e insieme la loro stessa vita.

Basma abbraccia la sua ragazza in questo lutto che non sembra essere finito: prima Giuliana e adesso l'intera baia di Sa Giunchera con i suoi abitanti sottomarini.

All'improvviso sentono una vibrazione, il mare cresce e Carla e Basma vengono raggiunte da alcune onde che le spostano di due, tre metri. Basma guarda al largo e scorge la sagoma imponente di una nave da crociera diretta a Carloforte.

"Mi sa che l'ultima volta quel mostro non c'era."

"Mi è passata la voglia di nuotare."

"Dai, torniamo a casa. Il povero Stephan ci aspetta."

ACCEDI AL PASSATO, ACCENDI IL FUTURO

Carla ha dovuto comprare tre valigie per metterci dentro le tele. E ha dovuto anche farsi stampare da un fab-lab di Cagliari due imballi sagomati oversize in cui infilare Stephan: uno per la testa, il busto e le braccia, un altro per il bacino e le gambe. Per fortuna non è umano, e pesa poco più di venti chili.

A Sant'Antioco nessuno avrebbe saputo rimetterlo insieme e comunque è costato di meno spedirlo con un corriere che comprargli un passaggio ponte sulla nave (ammesso che l'avessero accettato come "animale da compagnia" visto l'ingombro). Alla comune di Serra Spino invece, tra le loro conoscenze di ingegneri, geek e nerd, le prospettive di riaccenderlo sarebbe state migliori.

Sbarcate al porto di Civitavecchia, Dikram le saluta dalla banchina, a bordo del suo risciò.

"Grazie del passaggio, D! Ogni volta mi sembra di salire su una limousine."

Il mezzo di Dikram è stato modificato per somigliare a un elefante da cerimonia: proboscide illuminata, clacson che barrisce, e un profluvio di drappi intessuti di perline solari. Le fioriere idroponiche dietro ai sedili forniscono ai clienti primizie di stagione durante il tragitto. Quando passa per strada, tutti si girano a guardare quella meraviglia fai-da-te.

"Per voi, servizio di prima classe. Ah, il corriere è passato stamattina. Ho già sballato i pezzi di Stephan al fab-lab e ho fatto un paio di chiamate. Valeria ci darà una mano, sta studiando alcuni tutorial."

"Ah, non vedo l'ora di scoprire cosa ci racconterà," dice Basma entusiasta. Carla invece è più pensierosa all'idea di cosa potrebbe svelarle Stephan. In fondo, ha vissuto con Giuliana per molti anni, di sicuro più di lei.

"Beh, non tornerà come nuovo," fa Dikram, "ma con un po' di creatività *jugaad*, lo rimettiamo in sesto."

Caricate le valigie nel bagagliaio, Dikram e Basma iniziano a pedalare sul tandem anteriore mentre Carla si accomoda sul sedile di dietro. Dal porto di Civitavecchia a Serra Spino ci sarebbero volute circa due ore.

"Hai risolto tutto con lo studio legale? Certe pratiche possono essere brutte bestie," chiede Dikram.

"Sì, le ultime scartoffie spettano a mia madre. La casa di Sant'Antioco andrà a lei."

"A proposito," dice Basma, "posso chiederti perché lei e Giuliana hanno litigato? C'entra il bisso?"

"Sì, e c'entro anche io."

"Ti va di parlarne?"

Carla osserva il panorama del mare di Santa Marinella sfilarle di fianco con le casette addossate alla via Aurelia; da questa parte del Tirreno, a una certa distanza emotiva da Sant'Antioco, è meno doloroso ricordare i litigi che finivano per rovinare le sue estati in Sardegna.

"Per nonna filare era un'arte nobile, degna di principesse e di regine, come Penelope, Calipso, Circe ed Elena, tutte impegnate a tessere lana, lino o bisso. Per mia madre, invece, filare era un'attività a cui le donne erano state relegate dagli uomini, e il telaio era la loro gabbia patriarcale. Venivano avviate alla tessitura da piccole e ci passavano la vita dentro come in una prigione finché, da vecchie, ci morivano crocifisse sopra."

"Un'immagine un po' forte."

Carla si sporge in avanti verso i tulipani-turbina per raccogliere un po' di vento.

"Potevano essere molto dure l'una con l'altra. Erano entrambe femministe, anche se da due sponde diverse. Per mia nonna il bisso era qualcosa di sacro, uno strumento socio-culturale, un filo capace di legare l'anima all'acqua, la popolazione al territorio. Lei avrebbe voluto usare quest'arte per tessere "relazioni", aprendo scuole e accademie, e sognava di fondare un'Internazionale di Tessitura. Invece mia madre non ha mai sopportato il bisso, forse perché la personalità di mia nonna la schiacciava e per affermare se stessa se n'è dovuta andare di casa a diciotto anni. A Roma ha studiato ingegneria, anche per dimostrare a Giuliana che tessere andava bene per un mondo antico ma non per quello attuale, fatto di elettronica, programmazione e pari opportunità."

"Forse avevano ragione entrambe."

"Però litigavano sempre. Per mia nonna non contava tanto lo studio e la conoscenza quanto l'esperienza accanto a un maestro che sapesse trasmettere saggezza e tramandare sapienza. 'Se non frequenti la stanza di un Maestro non diventi un Maestro,' diceva sempre a chi veniva a trovarla. Per mia madre quell'approccio non era scientifico perché si fondava sulla tradizione orale, quindi era soggetto all'interpretazione e alla soggettività individuale, una cosa troppo simile alla magia e alla superstizione."

Fatti alcuni chilometri, Dikram accosta il risciò in un'area di sosta sulla via Aurelia. Carla scende, si asciuga il sudore, e poi dà il cambio a Basma, che passa dietro.

"E immagino che tu eri lì in mezzo tra due fuochi."

Tutti e tre bevono dalla coda dell'elefante che nasconde un tubicino collegato a un serbatoio nel telaio del risciò.

"Esatto," dice Carla passando la coda a Dikram, "mia nonna avrebbe voluto che diventassi un Maestro per continuare la tradizione di famiglia, mentre mia madre non vedeva l'ora che l'estate finisse per riportarmi a Roma. Quando mi sono iscritta alla scuola di design e modellizzazione 3D ha fatto una festa."

"Peccato non siano riuscite ad andare d'accordo."

Un aereo passa rasente la via Aurelia, in direzione Fiumicino.

"Era un battibecco continuo," urla Carla per farsi sentire, "per farvi un esempio, mia nonna avrebbe detto che le nacchere di Sa Giunchera sono state uccise dai batteri trasportati sotto le chiglie delle Grandi Navi, come se tanti cavalli di Troia fossero venuti a portarci la ricchezza ma allo stesso tempo a infestare le nostre terre incontaminate, mentre mia madre avrebbe detto che il problema era la pesca a strascico, l'inquinamento acustico dei motori degli yacht, l'eutrofizzazione dell'acqua causata dagli scarichi industriali e il surriscaldamento globale."

Passato il rombo d'aereo, un barrito poderoso annuncia il loro rientro in carreggiata.

In passato, prima dell'arrivo dei Pulldogs, al piano terra di Serra Spino c'era una stalla per le mucche e le pecore mentre adesso – a testimonianza di quell'antica vocazione agricola – sono rimasti appesi alle pareti alcuni utensili come pale, forconi, roncole, spazzole e badili. Inoltre, decine di balle di fieno puramente decorative servono a mimetizzare una server farm composta da batterie di rack piene di schede baluginanti macina-dati. Ogni rack è montato su rotelle e, in caso di necessità, può essere riposizionato altrove. Gli snodi del rizoma dei Pulldogs si estendono da Pisa a Oslo e da Chongqing a Lima: nel loro data-center ambulante sviluppano progetti di elaborazione distribuita di massa e altre amenità open-source. Tutto è cominciato con un bando della Regione Lazio che assegnava micro-seed da parte di incubatori e business angel, ma i soldi sono finiti presto e, da allora in poi, sopravvivere è diventato un moto stagionale di affondamenti, riaffioramenti e galleggiamenti, la cui ultima puntata ha avuto un esito alquanto infelice alla banca di San Paolo/Ostiense.

Alcuni sviluppatori, con guanti interattivi e occhiali da realtà aumentata, programmano stando seduti dentro poltrone imbottite. Sembrano piloti nelle carlinghe di fronte a schermi avvolgenti, tastiere ergonomiche e interfacce olografiche, in realtà, più prosaicamente, sono *peerati* in cerca di tesori nascosti negli anfratti del darkweb e di qualche NFT idiota da crackare a beneficio di una comunità bisognosa come la loro.

In fondo alla stalla, poggiato su un bancale come un gatto dal veterinario, c'è Stephan.

Le sue gambe ciondolano avanti e indietro mentre Valeria sta testando i riflessi delle ginocchia. Il busto è stato inserito nel supporto del bacino e – nonostante il brutto segno della saldatura lungo il girovita – viene sorretto con due assi poggiate sotto le ascelle.

"Venite, venite," dice lei accogliendo il gruppo. "Facciamo progressi. Il ragazzo dorme, ma il suo corpo funziona."

"Quindi è acceso? Ci può sentire?" Chiede Carla.

"In teoria sì. Gennaro, tu come la vedi?" dice Valeria rivolta a un omone che sorride sotto la barba lunga e folta, video-collegato da Pisa.

"Finisco un paio di cose sulla macchina virtuale e gli suoniamo la sveglia interna," fa lui immettendo dati. "Nel frattempo posso dirvi che Stephan è nato nel laboratorio TIN-PLAY di Torino, su licenza DAONICS. È stato impiegato per tre anni al Museo di Storia Naturale di Basilea, nella sezione dedicata al bisso marino. È tutto nel log di memoria."

"E come è finito da mia nonna?"

"Questo non c'è scritto, ma da aprile 2019 non si è mai mosso dalla Sardegna."

Poi le palpebre di Stephan si sollevano e una sequenza di movimenti oculari insieme a segnali acustici indicano la sua accensione. Tutti aspettano che dica qualcosa o che si presenti, invece, lentamente, le sue dita prendono a muoversi: piccoli gesti, una mimica precisa fatta di torsioni e strette, lievi spinte e spostamenti laterali. Poi, quella gestualità si amplia e inizia a coinvolgere i polsi, diventa più complessa, un'articolazione coordinata di agili prese e rilasci puntuali, piegamenti improvvisi e tirature ripetute come se Stephan stesse "riprendendo il filo" di qualcosa lasciato in sospeso prima di essere spento.

Basma si porta la mano alla bocca. "Avete visto le unghie?"

"Non ci avevo fatto caso," risponde Carla, mentre si avvicina alle mani in movimento: conosce quei gesti, eseguiti migliaia di volte da Giuliana. In effetti, le unghie lunghe e levigate non sembrano di Stephan, o almeno quattro di loro sono chiaramente posticce, attaccate al letto ungueale con la colla, mentre altre devono essere cadute e mostrano la forma originale.

Una parte di Carla vorrebbe abbracciare quell'estraneo, un'altra preferirebbe restare a distanza. "Stephan, mi senti?" chiede lei, tra l'imbarazzo e la curiosità.

L'androide si gira, continuando a tessere come se ciò avesse la priorità su tutto il resto.

"Perché eri spento? Come ti sei rotto?"

Lui si guarda a destra e a sinistra. Capisce di non essere al laboratorio di Sant'Antioco.

"Dov'è il Maestro? Il Maestro ha tutte le risposte."

I presenti si lanciano occhiate perplesse.

"Il Maestro non c'è," prova a rassicurarlo Carla. "Puoi darci tu le risposte?"

"Sì, posso rispondere per il Maestro, ma non volevo sbagliare. È stato un errore. Troppo caldo."

"Di che errore parli?"

"Dell'incidente."

Quel giorno di alcuni mesi fa, sua madre l'aveva chiamata dicendo che Giuliana era caduta ed era stata ricoverata in ospedale. Di lì a pochi giorni sarebbe morta a causa di complicazioni sorte in seguito a una commozione cerebrale.

"Mia madre non ha detto come è successo, solo che Giuliana è caduta mentre lavorava."

"Infatti, quello è il motivo per cui sono stato spento." Stephan fa una pausa, le mani si fermano e poi riprendono insieme alle parole, "Se hai detto 'mia madre', allora tu sei Carla, l'erede del Maestro."

Lei si imbarazza sentendo quella definizione che, così pronunciata, pare non riferirsi tanto all'eredità legale di Giuliana quanto a quella spirituale.

"Sì, finalmente ci conosciamo. Io non so niente di te, negli ultimi anni non sono venuta a Sant'Antioco."

"Invece io ti conosco bene dai racconti di Giuliana."

Lui cerca di alzarsi in piedi. Balza giù dal tavolo e le assi finiscono in terra. Quindi si avvicina a Carla e la abbraccia – in modo goffo ma caloroso – come fosse una sua parente. Lei arrossisce e ricambia il gesto con cautela, mentre guarda impotente verso Basma, con gli occhi al cielo per la sorpresa.

Carla cerca di riportare il discorso sul mistero di Stephan. "Allora adesso mi racconti perché sei stato spento?"

"Il giorno dopo il ricovero di Giuliana, Maria è corsa prima all'ospedale di Sant'Antioco e poi è venuta al laboratorio. Era molto triste, come se io l'avessi delusa. Mi ha chiesto di riprodurre la scena dell'incidente perché Giuliana aveva detto che ero stato io a farla inciampare dopo un rimprovero e lei non ci credeva."

Stephan accende il memo. Dai suoi occhi s'irradia un fascio luminoso che riproduce il laboratorio in soggettiva. In sottofondo, si sente un canto gutturale, ripetuto in una sequenza di strani fonemi: Oinnamaaa... oimmamaiaa... oinnamaaa... oinnammaia... oinnamaaa... oimmamaiaa...

"Stavo provando a imitare la sua voce, il tono del suo canto, il ritmo della litania, ma lei ogni volta si arrabbiava."

"Senz'anima non funziona!" L'urlo di Giuliana prorompe nella stanza virtuale. Agita in aria i ferri da maglia come fosse la bacchetta di un direttore d'orchestra. "Sono sei mesi che proviamo e riproviamo. La prossima volta lo dirò a Maria, non vai beneeee! Non sei adatto a sostituirmi!"

"Maestro, non c'è fretta. Più tempo passiamo insieme e più la sintonia aumenta."

"Ma quale sintonia! Mica siamo alla radio! Tessere richiede agilità, competenza, pazienza e altissima precisione di stile, tutte cose che tu hai in abbondanza, più di qualsiasi altro apprendista o Maestro che abbia mai conosciuto... Però ti manca la passione."

Le mani di Stephan si bloccano a mezz'aria.

"Forza, alzati! Andiamo a Sa Giunchera, se sopravvivi all'apnea forse svilupperai l'anima di questo posto."

"Io mi sono alzato dal telaio," riprende Stephan drizzando la schiena al ricordo di quelle parole. "Era la prima volta che il Maestro mi chiedeva di andare al mare insieme a lei. Ero così felice ed emozionato."

Lo scatto repentino di Stephan coglie Giuliana di sorpresa. D'istinto, lei fa un passo indietro. Nella fretta di obbedire, lui la urta senza volere; lei perde l'equilibro, inciampa e cade battendo il capo. Nella simulazione si vede Stephan protendere le braccia verso di lei nel tentativo di afferrarla, ma gli sfugge.

La simulazione s'interrompe. L'aria si fa tesa. Tutti abbassano la testa e Carla socchiude gli occhi, stringendo i pugni.

"Non sono mai andato a Sa Giunchera," aggiunge lui con un candore poco umano.

"E poi cos'è successo?"

"L'ho soccorsa, non ha risposto. Ho chiamato il 112 e in quindici minuti è arrivata l'ambulanza. Il giorno dopo, ho provato a spiegare a Maria che si è trattato di un incidente," prosegue Stephan, "ma lei non ha voluto ascoltarmi, dicendo che nessuno avrebbe creduto alla versione di un androide."

"La cosa però non torna, perché il video conferma che tu non l'hai fatto apposta."

"Per questo mi ha ordinato lo spegnimento."

"Non poteva semplicemente cancellare la registrazione dalla memoria?"

"La mia memoria non è solo locale, ne esiste anche una versione sul cloud."

"Quindi sarebbe stato inutile," Carla sprofonda in un groviglio di pensieri che la mettono a disagio. "Forse mia madre ha temuto di mostrare a tutti il suo fallimento. Dopo averti ordinato di spegnerti, potrebbe essere stata lei a romperti. Più per rabbia che per altro..."

"Non posso saperlo. Forse potete dirmelo voi?" Chiede Stephan volgendo lo sguardo sui presenti. Tutti restano interdetti.

Carla s'immagina sua madre che, in uno scatto d'ira, abbia distrutto Stephan quasi per punire se stessa: era stata lei a volere che Stephan affiancasse Giuliana al posto suo; era stata lei ad aver proposto quella soluzione per non spezzare una tradizione che altrimenti si sarebbe interrotta. Se la trasmissione donna a donna non avesse funzionato, quella donna ad androide, forse, avrebbe potuto surrogare quel passaggio a vuoto, in attesa di un'erede futura.

Carla si ripromette di parlarne con Maria, ma nel frattempo vuole esplorare un altro aspetto della vicenda. Infila una mano in tasca e tira fuori un fazzoletto con sopra un volto ricamato di colore rossiccio, e lo porge a Stephan. "Lo conosci?"

"Certo, è Berenice di Cilicia, principessa di Caldea e figlia del re Erode Agrippa, che si invaghì di Tito, figlio dell'imperatore Vespasiano Augusto e futuro re di Roma. La tradizione giudaico cristiana vede in lei una peccatrice, ma forse la tragica storia del suo amore è stata resa impossibile da congiure di palazzo che la costrinsero all'esilio fino a raggiungere Sant'Antioco. Qui, la principessa introdusse la tradizione del bisso e insegnò alle donne a raccogliere e tessere la preziosissima fibra. In particolare, quello è un ritratto di Berenice in collagene cheratinato o bisso, intessuto a *punto di pensiero*, e sbiondato in una soluzione di posidonia, padina panonica e caulerpa, macerate in acqua marina con succo di limone e cedro. Il rosso è ottenuto tingendo la fibra con fiori di zafferano e sale, il cui residuo diluito in dieci litri d'acqua usavamo come concime per l'orto dietro al laboratorio. Ho fatto io stesso quel fazzoletto quattro anni fa. Una delle prime tessiture approvate dal Maestro."

"Cos'altro sai fare?" Chiede Carla guardando Basma con una certa malizia.

"Come il Maestro, conosco 189 tipi di ricamo. Posso insegnare sartoria, tessitura, uncinetto, maglia, ferri... Oltre a 654 disegni a memoria, e fatti con le unghie."

"Hai mai usato una stampante 3D?"

"No, però imparo in fretta."

Basma strizza un occhio a Carla.

TRAME

"Perché non mi hai detto niente di Stephan?" chiede Carla a sua madre video-collegata.

"Non avresti capito."

Maria sta lavorando nel laboratorio TINPLAY di Torino, in mezzo ad arti meccanici e prototipi di androidi, alcuni più avanzati di Stephan. Alle sue spalle, si muovono cani che zampettano, ballerini in volteggio e un pizzaiolo a sei braccia intento a farcire altrettante pizze.

"Cosa non avrei capito? Che nonna avrebbe voluto che diventassi un Maestro ma che tu avevi altri piani?"

"Piani che non hai mai considerato."

"Infatti, non volevo fare l'ingegnere."

"Almeno adesso avresti un lavoro e una casa decenti."

"Ecco che ricominci. Sto benissimo a Serra Spino e mi piace fare l'artigiana digitale. È una colpa? Proprio non riesci ad accettarmi per quello che sono?"

"Ho sempre cercato di rispettare le tue scelte, ma non significa che debba anche essere felice di vederti sprecare la tua vita."

Carla tace. Il solito binario morto di una conversazione che non porta da nessuna parte, eccetto nella valle del rancore profondo. Tra lei e sua madre c'è la stessa distanza che separava lei e Giuliana. Non si sente in mezzo tra due fuochi – come aveva detto Basma – ma più lontana da entrambe.

"Beh, sai che ti dico? Ho rimesso insieme Stephan. È qui accanto a me e ti saluta."

Gira il cellulare e mostra a Maria la mano sollevata di Stephan che accenna un ciao. Con l'altra mano, su cui è stato montato un ugello connesso a cinque serbatoi di materiale da composizione, lui sta stampando un oggetto.

"Perché l'hai fatto? È pericoloso. È stato lui a provocare la caduta..."

"Smettila, non è pericoloso. Ho visto la registrazione dell'incidente."

Adesso è Maria a tacere. Dietro Carla, la creazione oblunga di Stephan sta prendendo forma, strato dopo strato: un petalo di fiore.

"Non ho le prove, ma credo che sia stata tu a romperlo."

"Immagino te l'abbia detto Stephan?"

"No, non poteva, però mi ha detto della Maker Faire in Germania, del progetto di artigianato digitale e della tua proposta alla TINPLAY di mandarlo da nonna per ampliare le tecniche di tessitura."

"È stato un errore. Lei non l'ha mai voluto."

"Vedi? Fa male quando qualcuno non accetta quello che vorresti."

"Quindi cos'hai intenzione di fare con lui?"

Carla volta di nuovo il cellulare. Il petalo è terminato e Stephan lo osserva con un'intensità luminosa negli occhi. Poi lo inserisce in un alloggiamento sulla corolla di un fiore azzurro: ha appena realizzato un petalo di ricambio per i tulipani del vento danneggiati.

"Non lo so, per ora è utile qui al fab-lab. Per cui ringrazia la TINPLAY da parte nostra."

Stephan soffia sulla turbina i cui petali iniziano a girare su se stessi.

È notte fonda quando Basma si sdraia nel letto accanto a Carla.

La stanza è piena di tecnologia indossabile: magliette con fibre meteocangianti, scarpe con tacchi estendibili, giacche idrorepellenti, e altri progetti a cui Carla e Basma stanno lavorando da mesi. Sono state quelle invenzioni – tra l'artigianato tradizionale e l'innovazione nativa – a farle conoscere quattro anni fa, all'edizione romana della Maker Faire.

"Non dormi?"

"No, penso sempre a quel cimitero di nacchere a Sa Giunchera."

"A proposito, non siamo ancora andate alla tomba di tua nonna a Sant'Antioco."

"Hai ragione, mia madre l'ha voluta cremare perché nella tomba di famiglia non c'era più posto. È tumulata in un ossario al cimitero comunale. Quel posto non è adatto a lei."

Il fruscio dei tulipani sul davanzale è rilassante. Basta una bava di vento per produrre energia per il laboratorio anche di notte.

"Infatti, sarebbe meglio se stesse a Sa Giunchera in mezzo alle sue nacchere," dice Basma prendendo il volto di Carla tra le mani. "È lì che dovrebbe stare, non pensi?"

"È una bella idea, ma come facciamo a tirarla fuori?"

Basma tace; quando pensa intensamente si morde un labbro e si arriccia una ciocca di capelli. Il fruscio dalla finestra aumenta, i tulipani adesso frullano sotto la spinta del Ponentino.

"Non pensare alle ceneri. Forse ho un'idea. Hai una foto dell'urna?"

"Certo, l'ho scelta io, mia madre non se la sentiva. Quindi dobbiamo tornare a Sant'Antioco?"

"Sì, e stavolta Stephan camminerà sui suoi piedi."

"Che ti passa per la mente?"

"L'altro giorno ho raccontato a Stephan di Sa Giunchera," dice Basma prendendo un batuffolo di bisso dal comodino. "Era così dispiaciuto di non aver potuto vedere la baia. Ci teneva a conoscere da vicino i molluschi di cui aveva sentito parlare tanto. Ho creduto che volesse quasi rendergli omaggio per il dono del bisso."

"Forse hai solo proiettato su di lui i tuoi desideri."

Basma avvicina il batuffolo a Carla: è così leggero da sembrare senza peso.

"Guarda, questa fibra è diversa dalle altre perché Giuliana – a quanto ha detto Stephan – ha scoperto un modo per estrarre il bisso della pinna nobilis senza danneggiarla. Per anni ha studiato il suo habitat, si è immersa in ogni stagione, con il sole, la pioggia o il vento. E con l'esperienza è arrivata a capire che a maggio il fondale della laguna è più morbido e molle e che è possibile estrarre la nacchera, tagliare una parte della barba grezza e incolta, e ripiantarla senza farla morire. In questo modo i filamenti di collagene cheratinato possono ricrescere e il mollusco non ne soffre."

"Te l'ha detto lui?"

"Beh, sì, mentre mi mostrava il solito memo," fa Basma.

"D'accordo," dice Carla. Prende il cellulare, cerca un sito web e poi le mostra un'immagine. "Ecco l'urna, un semplice cubo di legno con una placca incisa sopra."

Basma la fotografa e dà un bacio alla sua ragazza: "Domani prenotiamo il draghetto!"

Sono le 3 di notte quando gli occhi di Stephan illuminano il sentiero che porta dietro il cimitero di Sant'Antioco. Fatti pochi metri tra la sterpaglia, i suoi fari inquadrano una parete alta circa tre metri.

"Ecco un buon punto, ce la fai?" Chiede Basma, mentre Carla si guarda intorno guardinga.

"Sì, basta calcolare la forza."

Il tempo di contare fino a tre e Stephan flette le gambe e spicca un balzo con cui si aggrappa al bordo della parete. Si mette a cavalcioni e da lassù cala una corda per le altre.

Una volta entrati, si dirigono di soppiatto verso il colombario della famiglia Pinna.

Davanti al loculo di Giuliana, l'ultimo in basso di sei cellette, Carla tira fuori dallo zaino un mazzo di fiori e li depone in un vaso al posto di quelli secchi. Nel frattempo Basma ha disposto davanti a sé una serie di strumenti da muratore, oltre a un secchiello e a una bottiglia d'acqua e, con l'aiuto delle dita multiuso di Stephan, si prepara a rimuovere la lastra di protezione del loculo.

"Mio fratello lavora nell'edilizia," dice rivolta a Carla, preoccupata di essere scoperti e denunciati, "e mi ha insegnato qualche trucco. In un'ora siamo fuori con Giuliana sotto braccio."

Stephan si sfila l'indice della mano destra e porge l'alloggiamento vuoto a Basma, la quale inserisce la punta di un trapano a precisione. L'intonaco della lastra viene via bene a tremila micro-colpi al minuto e nel giro di poco, Stephan offre l'indice della mano sinistra. Carla si affretta a ripulire tutto con un aspirapolvere portatile.

"Ecco, ora andiamo in profondità."

Lo scalpello montato sulla sinistra di Stephan perfora l'intonaco, rilasciando schegge e polvere. Dopo cinque minuti, la lastra inizia a muoversi.

"Ora diminuisci la velocità," fa Basma, "e inclina il punzone di 30-40 gradi."

Stephan esegue e dopo un altro giro intorno al perimetro, la lastra finisce in mano a Carla, pronta a raccoglierla.

"Adesso facciamo la magia e tiriamo fuori il Maestro."

Dallo zaino, Basma prende un'urna identica a quella acquistata da Carla e la scambia con quella di Giuliana: stesso materiale, stessa placca, solo stampata al fab-lab due giorni prima.

"Piacere di conoscerti, Giuliana," dice lei tra il serio e il faceto. "Ti lascio nelle mani di tua nipote." Passa l'urna a

Carla e inizia a preparare l'intonaco: da un sacchetto estrae un po' di calce mista ad argilla, la versa nel secchiello e aggiunge acqua fino a ottenere un impasto morbido, ma non troppo liquido. Nel frattempo Stephan si è rimesso gli indici e adesso tiene una cazzuola in una mano e un frattazzo nell'altra.

"Prendi la malta col dorso della cazzuola," gli dice Basma," e la getti con un colpo deciso sulla parte da intonacare. Quello che cade va raccolto e rimpastato. Ogni strato va lisciato e fatto solidificare prima di passare al successivo. Sempre dal basso verso l'alto. Capito?" Lui fa un cenno di assenso.

La velocità di Stephan è impressionante, come pure la coordinazione e la precisione dei movimenti. A un certo punto, un altro fascio luminoso squarcia l'oscurità del cimitero e punta verso di loro.

"Presto, spegnete tutto," dice Carla, mentre va a nascondersi dietro il colombario. Basma la segue, invece Stephan resta al posto suo.

"Ehi! Vieni via, ti farai scoprire."

La luce misteriosa è intensa e proviene da quattro, cinque metri d'altezza. Quando incrocia il volto di Stephan e lo illumina, la luce diventa intermittente, lancia sequenze simili a un linguaggio Morse. Anche gli occhi di Stephan baluginano a scatti, tipo effetto stroboscopico ma, alla fine di quello scambio, il drone, così come era venuto, si allontana.

"Che è successo? Che gli hai detto?" Chiede Carla uscendo da una nicchia.

"Che stavo riparando l'intonaco ammalorato di un colombario."

"A notte fonda?" Interviene Basma.

"Certo, così domani sarà come nuovo."

"E non si è insospettito?" Insiste Carla.

"Gli androidi lavorano anche quando gli umani dormono."

"Sei un fenomeno," dicono Carla e Basma all'unisono. I tre si abbracciano come se avessero vinto alla lotteria.

"Possiamo andare alla baia adesso?"

Basma riprende a lisciare il secondo strato di intonaco.

"Prima finiamo il lavoro e domani ti portiamo al mare."

FUN-LAB

Sa Giunchera è splendida nel suo arcobaleno di colori: il celeste del cielo e l'azzurro del mare incorniciano sprazzi ocra e marroni di macchia mediterranea punteggiata dalle bacche rosseggianti degli arbusti di lentisco e dai globuli verdi dei cespugli di ginepro. Alcuni dirupi impervi creano strettoie rocciose da cui accedere alla spiaggia dorata.

"Tieni, per te," dice Carla porgendo a Stephan una muta da sub.

"Ma sono impermeabile!"

"Forse sì, ma meglio non correre rischi."

Lui fa un suono simile a un lamento rassegnato e indossa la muta.

"Allora tu devi portare le ceneri." Stephan prende l'urna che tiene nella tracolla e la offre a Carla. "Spetta a te, l'erede sei tu."

Lei ne soppesa la responsabilità e, alla fine, decide che non se la sente. "Però tu hai passato più tempo con lei, eri il suo assistente. Io conosco a malapena il giuramento. Tu sei l'ultimo Maestro."

"Va bene, d'accordo, anche se tua nonna mi ha sempre considerato un mezzo, il fine sei sempre stata tu."

I passi di Carla si fanno pesanti: accettare quell'investitura da parte di un androide, sembra così fuori dal comune, del resto Giuliana non si è mai considerata un'artigiana, le cui esperienze e conoscenze andassero preservate in nome della tradizione; c'è sempre stato molto di più in gioco nella sua attività di tessitura. Sua nonna non vendeva, lei educava, e un Maestro non guadagnava commerciando in drappi e tessuti, bensì creava arte che andava considerata come un bene gratuito per tutti, per lo sviluppo e l'equilibrio dell'umanità.

Da piccola, Carla s'immaginava che Giuliana fosse una specie di strega-piratessa e, proprio come quelle figure mitiche, ammantate di magia e di poteri strani, sapeva creare storie favolose, narrazioni fantastiche e grandi ideali come veri e propri amuleti e strumenti di difesa contro il male, perché in fondo sua nonna cercava solo di difendere se stessa e il suo stile di vita dagli attacchi e dalle minacce dei poteri locali, desiderosi di trasformare Sant'Antioco in un porto turistico per l'attracco delle Grandi Navi e il conseguente sbarco dei barbari.

Vedendola dubitare, Basma le si avvicina. "Tutto bene? Pronta a tessere il mare?"

"Mi ricordo un giorno d'estate," dice Carla sovrappensiero. "Avevo fatto i capricci, ero intrattabile e non mi andava bene niente. Non volevo mangiare, né uscire, né dormire. Mia nonna venne da me con un fuso e un filo in mano..."

I tre entrano in mare, l'acqua arriva alle loro ginocchia.

"Tessere è un modo di *essere*," mi disse nel suo modo drammatico, "che insegna pazienza e restituisce confidenza: l'ordito è già posizionato nelle nostre vite, come è disposto sui telai, ma in base alle trame che ognuno di noi intreccia si costruisce un futuro diverso e il tappeto su cui cammineranno le nuove generazioni."

Passo dopo passo, s'immergono fino al bacino.

"All'epoca non capivo il senso di quelle parole, ma adesso credo che i racconti e i gesti di mia nonna mi siano rimasti attaccati addosso come i filamenti di bisso alla nacchera, lei ha intessuto dentro di me un arazzo che sarebbe impossibile disfare."

Stephan mette una mano sul coperchio dell'urna. "Sono pronto."

"Anche io," dice Carla.

Aperto il coperchio, Stephan disperde le ceneri nell'acqua intorno a loro.

"Alla fine, il Maestro è tornato dalle sue nacchere tanto amate," dice lui.

Basma e Carla si scambiano uno sguardo preoccupato. Lui ancora non sa cos'è successo là sotto.

"Stephan, dovremmo farti vedere una cosa."

Lo prendono per mano e lo portano più a largo, nell'area dove Giuliana era solita immergersi. Lui emette suoni buffi, come di trepidazione. Sta per esplorare il mondo che avrebbe voluto conoscere da anni.

Sotto la superficie dell'acqua, la sua vista sottomarina è nitida, l'udito capta suoni ovattati e intorno a sé riconosce pesci colorati; invece la sabbia quasi non si vede coperta da una massa compatta di Posidonia morta. E poi le riconosce: le sagome oblunghe delle nacchere adagiate sul fondale come fossero relitti di navi affondate. Tutte morte. Non ci sono filamenti di bisso, né bivalve che filtrano, e nessun segno dei molluschi conosciuti tramite i racconti di Giuliana.

Resta lì sotto per molto tempo, finché Carla non decide di immergersi ancora per riportarlo sopra. Lo trova seduto sul fondale mentre accarezza un vecchio guscio incrostato.

Quando riemerge, Stephan emette un suono triste, malinconico, dispiaciuto.

"Sono arrivato tardi. Le nacchere non ci sono più..."

"Volevamo che vedessi con i tuoi occhi. Forse sono state le Grandi Navi, forse l'eutrofizzazione delle acque, ma il risultato è comunque tragico," dice Carla.

"Allora dobbiamo sbrigarci."

"Sbrigarci? Per cosa?"

Lui torna a riva. I suoi movimenti sono accelerati. Carla e Basma si guardano senza capire e lo seguono. Poco dopo, lo vedono togliersi la muta, lo vedono premere un punto sulla cassa toracica e accedere a uno scomparto nel petto che non avevano individuato. Lo vedono tirare fuori una tunica, la stessa appartenuta a Giuliana, che lui ha custodito dentro di sé, e poi indossarla. Infine, dallo scomparto, tira fuori un anello che infila al dito.

"Stephan, si può sapere che stai facendo?"

"Ecco, adesso che il Maestro non c'è più, bisogna trovarne un altro che prenda il suo posto."

"Ma sei tu la cosa più vicina a una Maestro che Giuliana abbia mai plasmato."

"D'accordo, ma nessuno mi considererà un Maestro, come nessuno crederà alle mie parole, come ha detto Maria. E poi io non ho un allievo e questo è altrettanto rischioso. È sempre meglio se ci sono un Maestro e un allievo."

"Stai dicendo che dovrei farlo io?"

"Sì, io potrei essere il supplente del Maestro, in attesa che tu prenda il mio posto."

Carla si affida all'intuito di Basma, e il suo accenno di sorriso vale più di tante parole.

"Facciamolo."

"Da adesso in poi," dice Stephan recitando in modo ieratico la formula sentita da Giuliana, "io vado e tu arrivi. Tutto quello che hai imparato ce l'hai già, tutto quello che non hai imparato lo imparerai. Buona vita." Quindi si sfila la tunica e la passa a Carla che la riceve e la indossa.

"Ma non dovevo essere l'allievo?"

"Sì, ma sei anche l'erede, quindi fa eccezione. Ricordi il Giuramento dell'acqua?"

"Certo, Giuliana me l'ha fatto imparare a memoria."

"Bene, allora questo è il momento."

Mentre Carla recita la formula, Stephan si sfila l'anello e lo appoggia sulla sabbia. Quando ha finito di declamare, Carla raccoglie l'anello e lo indossa.

Basma si avvicina di soppiatto: "Un giorno mi piacerebbe sposarti nello stesso modo."

Davanti al laboratorio-museo c'è agitazione. Alcune persone stanno salendo da via Regina Margherita, mentre altre sono già sparse in fila. Stephan porta un vassoio di tramezzini in una mano e uno di pasticcini nell'altra. Carla è al cellulare: "Sì, sono sicura," fa alzando gli occhi al cielo, "e per favore non chiami più, non ci interessa, arrivederci," e chiude la conversazione.

"Ancora lui?" chiede Basma dall'alto della scala di fronte all'ingresso.

"Sì, ha detto di aver visto molti servizi in TV sul bisso: Rai 1, Rai 2, Canale 5, Italia1, Bellitalia, Meridiani, Airone, Le Figaro, New York Times, Die Welt, National Geographic, CNN, e BBC... Ha capito le potenzialità del progetto e vuole offrirci un sostegno finanziario, anche con una parte a fondo perduto o in compartecipazione."

"*Ma il bisso non si commercializza, non si vende e non si compra! Si donaaa!*" Cantilena Basma prendendo in giro il consulente come avrebbe fatto Giuliana. Poi si volta verso gli altri. "È dritta?"

Gli occhi di Stephan proiettano un riquadro intorno all'insegna con la posizione esatta.

"Grazie, gentilissimo."

MUSEO DEL BISSO

FUN-LAB

"Ecco, visto? Tutto pronto, anche senza finanziamenti."

Carla spalanca le porte del laboratorio e invita le persone in attesa a entrare. Ci sono genitori con i figli, gruppi di adolescenti, amici di Giuliana, e curiosi da mezza Sardegna.

"Benvenuti! Oggi inauguriamo un posto speciale, un museo-laboratorio aperto a tutti allo scopo di creare una comunità solidale che impari la saggezza del passato, valorizzi la conoscenza del presente ed esplori le possibilità del futuro."

All'interno, vicino al telaio di Giuliana, sono state sistemate le due PRUSA PRO 7 di Basma che stanno sfornando pezzi per assemblare altre stampanti. Tutti i progetti che le ragazze hanno caricato sul cloud – da quelli più plausibili fino a quelli più bizzarri, diventeranno presto realtà: protesi medicali a basso costo, lenzuola autopulenti e fibre meteocangianti tanto per cominciare. E così il laboratorio di tessitura di Giuliana è destinato a fondersi con quello di artigianato digitale di Carla e Basma.

Stephan avrà anche braccia meno potenti e durature di un modello Kuka ma di certo più adatte e sensibili ai loro scopi.

I bambini sono tutti intorno a lui, intento a raccontare la storia e la funzione degli strani strumenti di filatura e tessitura che gran parte di loro non ha mai visto.

"Guarda, brilla!" dice stupita una bambina.

"È prezioso?" chiede un ragazzino.

"Oh sì, più prezioso di quanto crediate. La "seta del mare" si ottiene dai filamenti di pinna nobilis, un mollusco noto come nacchera, che si àncora ai fondali sabbiosi," dice mostrando un esemplare lungo più di un metro. "A Sa Giunchera c'era una colonia ma adesso è sparita a causa dell'inquinamento. In passato, gli abiti dei re, dei sovrani e dei potenti del mondo erano fatti di bisso. Veniva raccolto e lavorato dalle "donne dell'acqua", sacerdotesse del mare che vivevano sulle sponde del Mediterraneo. La tessitura avveniva lì, in un telaio in canne," fa Stephan indicando lo strumento e loro seguono il dito con stupore, "e si fa con l'unghia che entra fra le trame per disegnare nell'ordito. L'ultimo Maestro di Bisso era Giuliana Pinna, io sono un suo allievo, in attesa dell'arrivo del suo erede e prossimo Maestro," conclude lui voltandosi verso Carla.

"Pensate di aprire altri posti così? Io vengo da Brindisi... e ho sentito che ci sono nacchere anche da noi," dice una turista a Stephan.

"Non lo so, però basta che ci sia il mare. Forse non sarà la stessa nacchera, ma un mollusco che le somiglia. E se non c'è un mollusco, allora si potrebbe usare un filo di banano, di bruco, di cocco. Ciò che importa è insegnare alle persone a tessere, non a muovere il telaio, il filo è una scusa per venire qui, per incontrarsi, parlarsi e conoscersi. E intanto loro tessono, e senza accorgersene, tessono vita."

Carla ha le lacrime agli occhi: quelle sono le stesse parole che avrebbe detto sua nonna, pronunciate nello stesso modo in cui avrebbe fatto lei. Forse l'immersione a Sa Giunchera ha davvero instillato un'anima in Stephan, forse il genio di quel luogo non distingue tra esseri umani e artificiali pur di continuare a esistere.

Basma prende Carla da una parte e le sussurra all'orecchio: "La turista ha ragione, non è troppo tardi."

"Che vuoi dire?"

"Che se tua nonna ha imparato a togliere le nacchere dal fondale e a rimetterle a posto, potremmo provare anche noi a trapiantarle."

"Morirebbero. Sa Giunchera è condannata."

"Forse no. Ora abbiamo Stephan."

Carla prende il cellulare dalla borsa da mare e fa una chiamata. Stesa accanto a lei, Basma prende il sole primaverile, già oltre 35 gradi ad aprile.

"Ciao mamma, come stai?"

"Bene, tu? Il progetto va avanti?"

"Sì, la casa-laboratorio è davvero utile. Stiamo facendo molte attività."

"Mi fa piacere. Sarebbe stato un peccato doverla vendere."

"Hai novità sulla proposta?"

"Non ancora ma il Consiglio della TINPLAY si riunirà in settimana. Sono fiduciosa."

Basma si risveglia e chiede a Carla di mettere in vivavoce.

"Salve Maria, è stata davvero generosa a darci la casa in comodato. Verrà a trovarci presto?"

"Ciao Basma, sì, appena mi libero dagli impegni, prendo una nave e vi raggiungo."

Basma sta per aggiungere qualcosa, ma Carla la blocca con il dito facendo segno di aspettare.

"Vuoi vederlo? È qui davanti a noi."

"Sì, certo, gira il cellulare."

Carla punta la telecamera verso il mare e cerca di inquadrare un punto lontano.

"Non si vede niente."

"Aspetta," fa Carla aumentando lo zoom. La testa di Stephan sembra una boa di segnalazione gialla. In realtà gli hanno tinto i capelli per essere più visibile in mezzo all'acqua.

"Lo *spaventa-draghetti* è diventato il guardiano della baia."

"Incredibile, e ci riesce?"

"Oh sì, dovresti vedere come lampeggia con gli occhi quando una Grande Nave si avvicina all'area di coltura delle nacchere e a volte emette false grida di bambini per spaventare l'IA pilota," dice Carla divertita.

"E se qualche sbruffone in motoscafo insiste a fare troppo il furbo," aggiunge Basma entrando con la testa nell'inquadratura, "allora partono i dissuasori acustici, frequenze spacca timpani che fanno girare a largo chiunque minacci la tranquillità dei molluschi."

"Davvero ingegnoso, farò tutto il possibile per convincere il Consiglio a mandarvi un altro Stephan."

"Grazie, ah, un'ultima cosa..." dice Carla girando di nuovo il cellulare. Passa un braccio attorno alle spalle di Basma e la avvicina a sé.

"Fra tre mesi festeggiamo un anno dall'apertura del fun-lab e..." Basma incita Carla a dirla tutta, "con l'occasione ci sposeremo."

"Ah, che splendida notizia! Sono davvero felice per voi. Allora avrò un altro motivo per tornare in Sardegna."

"Grazie, ti aspettiamo," dicono entrambe.

Chiusa la comunicazione, Carla e Basma si gettano in acqua e s'immergono. Arrivate sul fondale, esplorano la coltura trapiantata mesi fa. Alcuni piccoli filamenti indorano i gusci appena dischiusi per ricevere la luce solare. Poco lontano Stephan le saluta. Ha appena finito di srotolare sul fondale una matassa di filamenti che costituisce la rete di protezione dell'area di coltura del bisso. Ogni settimana verifica lo stato di decomposizione della rete, stampata nel fab-lab a partire da materiale organico, e provvede a sostituirne le parti più danneggiate. Poi, dallo scomparto nel petto, prende una manciata di semini verdi di Posidonia e li ripianta nella prateria sottomarina.

Ringraziamenti

La tessitura del mare è il frutto di un incontro meraviglioso avuto con Chiara Vigo, ultimo maestro di bisso, in quel di Sant'Antioco, in Sardegna, a novembre 2021. Da quella breve ma intensa conversazione (che per fortuna ho potuto registrare come fosse un prezioso documento da riascoltare) è scaturita una storia di conservazione del patrimonio naturale e culturale del nostro paese e insieme di promozione dell'innovazione nativa, l'abilità cioè di ogni comunità di sviluppare le proprie tecniche e conoscenze a partire sia dalla saggezza popolare tramandata dal passato che dalle risorse e dalle competenze locali disponibili nel presente. Un ringraziamento speciale va anche a Davide Peddis e a Emanuele dell'Aglio dell'associazione "Science is cool" per aver reso l'incontro possibile.

Illustrazione di Sara Cecilia

Prologo

Guardi il cielo sopra Porta di Roma sapendo che la vendetta arriverà presto.

Gli stormi si addensano e diluiscono come nuvole primaverili a batuffoli, grigiastre, gioiose, cinematografiche, del tutto innocue. Solo che oggi è Natale e quegli storni volteggiano in aria come i ricordi delle tue pessime esperienze passate lì dentro negli ultimi mesi. Risatine. Segnalazioni. Interrogatori. Allontanamenti. Spintoni. Umiliazioni.

Ora sai che il nemico del tuo nemico può essere tuo amico.

Ora sai che le piante e la loro rizosfera possono diventare una difesa e, allo stesso tempo, una salvezza per una società in decadenza.

Sei mesi prima
La sindrome di Gruen

Bip.

La guardia che sonnecchia di fronte allo schermo con le immagini a circuito chiuso di 62 telecamere di Porta di Roma solleva lo sguardo.

Bip. Bip.

Fa una smorfia rassegnata alla TVCC di riconoscimento emotivo #476.

Bip. Bip. Bip.

Prende il cellulare, clicca sull'app AGA ed esce dalla control room.

Il suo bersaglio è l'espressione livida e angosciata che si dipinge ogni volta sul tuo viso non appena sono trascorsi più di sessanta minuti in un centro commerciale, anche se a Porta di Roma quella soglia di sicurezza si riduce a quaranta. Per questo i tuoi spostamenti sono rapidi ed efficaci, senza distrazioni né deviazioni fino alla destinazione finale. Sempre ammesso che tu riesca a trovarla in tempo.

"Buongiorno, mi scusi se la disturbo. Si sente bene?"

La guardia ti si para davanti, bloccandoti la strada.

"Sì, perché?"

"Il suo indice AGA è molto basso."

Sei ancora lucida e ti permetti un pizzico d'ironia.

"Guardi, a me Lady Gaga non piace. Ascolto solo metal."

"Non ha capito, AGA sta per indice di Auto-Gratificazione all'Acquisto."

Fai spallucce, tuttavia un allarme è già scattato nella tua testa. Quanti secondi stai perdendo?

"E allora?"

"E allora vorrei sapere perché è venuta qui?"

Tu lo osservi interdetta. Potrebbe essere un tuo ex-compagno del liceo. Uno di quelli che ridacchiava alle spalle della prof di chimica. Uno di quelli che sbeffeggiava chiunque, per i motivi più assurdi. Uno di quelli che adesso – come tanti – fa un mestiere privo di senso, imbeccato da una TVCC, portato a passo da un'app e valutato da un algoritmo.

"Perché? Ci deve essere un motivo speciale? Mi servono delle mutande. Vuoi sentire?"

Sputi acido ma, nel frattempo, con una mano ti proteggi gli occhi dalle luci intermittenti di EXTYN e JONNY JOY, dai neon colorati di IDEXE e dalle sequenze di flash di OKAIDI. L'alone fluo che promana dalla vetrina di PIMKIE è troppo lontano per infastidirti.

Lui insiste: "No, ci mancherebbe, però... non vuole comprare altro?"

"Beh," fai tu, tirando fuori un volantino stropicciato dalla tasca dei calzoni. "Ci sono le offerte della settimana alla CONAD."

"Le offerte della settimana," Ripete lui, scimmiottandoti, un po' sdegnato. Scuote la testa e ti afferra per un braccio."Devo farle il test, niente di personale, è per la sicurezza."

Adesso t'infili un dito nell'orecchio destro e provi a sturarlo: la musica pop di CLAYTON ti costringe ad alzare la voce. L'auto-tune della canzone modulato dalle casse satellitari di SONNY BONO ti fa accapponare la pelle.

"Oh, macché test, io sono pulita."

"Non si tratta di droga," strilla lui. "Trenta secondi e abbiamo fatto! Basta guardare delle immagini e dirmi quello che vede."

Trenta secondi che, sommati a quelli già persi, ti fanno rischiare grosso. "Vabbé..." fai rassegnata. È la prima volta che ti capita una situazione simile perché, invece, tutte le altre volte finiva con:

- qualcuno che ti rimprovera per i tuoi modi scortesi
- qualcuno che ti addita mentre scolorisci
- qualcuno che ti prende in giro per aver perso l'orientamento
- qualcuno che ti sventola una brochure in faccia per farti aria
- qualcuno che ti dà colpetti sulle guance per rianimarti
- qualcuno che ti porta da bere dopo aver vomitato
- qualcuno che ti prende in braccio dopo essere svenuta
- qualcuno che ti solleva di peso e ti rimette sul sedile della navetta.
- qualcuno che ti da un passaggio fino al Tufello.

Lui procede col test, apre un'altra app e ti mostra sul display del cellulare una serie di animali nei loro habitat naturali: giaguaro, coniglietto, cammello, coccodrillo e cavallino.

"Li riconosce?"

Tu non vedi gli animali come il 97% degli intervistati, tu non vedi che somigliano ai loghi stilizzati di altrettante marche di prodotti, invece tu vedi ciò che li circonda, gli alberi, i cespugli, i rovi e tutti quei paesaggi lussureggianti e/o aridi che non ti rendono cieca al verde.

"Certo, foresta, campagna, deserto, palude e prato."

L'indice AGA s'incrina e scivola sotto la soglia di accettabilità: sei un pericolo commerciale, un rischio ambulante per chi fa shopping in serenità. La guardia cambia espressione, ripone il cellulare in tasca, ti riprende per un braccio e stavolta ti trascina per il corridoio: "Lei non può stare qui. Devo scortarla fuori."

"Oh, lasciami stare! Che cazzo fai?! Io sto bene."

"Lo so," fa lui mentre l'app lancia segnali di avvertimento dai suoi calzoni come se tu fossi imbottita di esplosivo e chiodi, "ma è per il benessere degli altri clienti."

"Ma non sono agorafobica! Prendo le mutande e me ne vado. Giuro!"

"Mi spiace. L'esperienza negativa di una cliente non può influenzare quella degli altri."

Cerchi di resistere. Cerchi di puntare i piedi. Lui ti tira e ti strattona. Ti aggrappi a qualsiasi sporgenza. Tutto è così liscio e pulito qui dentro che ti scivola via dalle mani senza riuscire a fare presa su nulla. Poi, quasi come se fossi tu ad assalire lui, la guardia estrae lo spray al peperoncino.

"No, no, va bene, la smetto."

Allora ti lasci trascinare a peso morto. Diventi una striscia opaca e oblunga che si allunga sui pavimenti tirati a lucido. I passanti ti rivolgono le solite facce incuranti/indignate/

incredule, solo leggermente diverse da quelle che vedi spesso settate sui loro volti tesi, in cerca di sconti e di offerte imperdibili.

La guardia ti molla sulla piazza centrale di Porta di Roma. Ti deposita come se fossi un sacco di spazzatura ingombrante sotto al muretto dell'ailanto che svetta lì di fianco. Anche lui è stato lasciato fuori, anche a lui deve essere stato vietato l'ingresso in quanto specie infestante.

Ti accasci per terra, un gomitolo di vergogna. "Stronzi."

"Eh sì, sono proprio una manica de' stronzi." Ti volti e, prima di qualsiasi immagine, vieni inondata da una ventata di odori intensi che stenti a riconoscere. "Ho visto come t'ha trattato quel bastardo."

L'uomo da cui provengono gli strani odori è un personaggio bizzarro: indossa fiori e piante dappertutto, infilate nelle tasche del giacchetto bucato, sotto il cappello da baseball, nel risvolto dei jeans sdruciti, sotto il colletto della camicia floreale, avvolti intorno alla cintura. Persino intrecciati lungo una barba a ventaglio che gli pende dal volto: grigia, lunga e folta.

I suoi abiti grondano fiori e sono foderati di fogliame.

"Non m'era mai capitato prima," dici perplessa mentre ti tiri su.

"È l'attuale politica di consumo," lui ti offre una mano per rimetterti in piedi.

"Cioè?"

"Cioè quelli come noi non je piacciono."

"Che vuol dire *quelli come noi*?"

"Che io e te semo diversi. Te faccio vede' una cosa."

Tira fuori il cellulare, apre un'app e ti mostra il display.

"Oh no, un'altra app! E stavolta sono nuvolette. Che sarebbero?"

Nello schermo aleggiano chiazze globulari – dette COV – che rappresentano varie concentrazioni di Composti Organici

Volatili. Lo leggi sull'app perché, altrimenti, per te poteva anche essere un'altra marca di intimo da donna.

"Io e te c'avemo la stessa sindrome."

Tu indietreggi di un paio di passi e lo guardi di sbieco.

"Sindrome? Io non ho nessuna sindrome."

"Oh sì che ce l'hai… Si chiama sindrome de Gruen, le vedi 'ste sostanze? Sono emesse da tutti i prodotti del centro commerciale, nonostante i depuratori d'aria, l'aggeggi Dyson e quant'altro. Non ce sta niente da fa', rilasciano composti chimici e, ad alte concentrazioni, sono pure nocive."

"Ma io non sono allergica, mai avuto reazioni ai prodotti chimici."

"Sicura? Però dimme un po'? Quanto ce resisti là dentro?" Ti fa lui indicando l'ingresso di Porta di Roma. "Trenta minuti? Quaranta?"

Tu taci. Al massimo sei arrivata a cinquantatré, con una pausa in bagno tra un'apnea e l'altra.

"Quella roba abbassa la tolleranza alle altre sollecitazioni 'psico-somatiche', ansia d'acquisto, stimoli visivi con le scritte 'in saldo', 'occasioni', richiami sonori e insegne luminose, caos generale, ricerca dell'offerta mijiore, paura della fregatura, campioni gratis davanti al negozio, hostess sorridenti e tutta una sfilza de' tattiche studiate apposta pe' spigne la gente a compra' sempre de più al limite della compulsività."

"Per questo porti addosso fiori e piante?"

"C'hai preso, difesa personale. Qualche anno fa, i capoccia de Porta de Roma hanno deciso de toglie' l'arberi a causa de l'insetti, e guarda ch'hanno combinato," dice lui additando le piante artificiali che delimitano il perimetro della piazza, "mo' c'è rimasto soltanto lui, er poro ailanto, l'arbero del Paradiso Perduto, ma lo vedi come sta messo, è solo un simbolo, poraccio, recintato e ingabbiato come un carcerato de Rebibbia."

L'ailanto ondeggia molle, agitato da una bava di vento autunnale, e pare confermare quell'affermazione. Poi il vecchio annusa l'aria e storce il naso. "Porta de Roma puzza... non è una semplice galleria de negozi: è un esperimento sociale, tipo la Città der Vaticano dopo i Patti Lateranensi, co' le guardie, le leggi speciali, i riti de' passaggio domenicali... pensa che l'hanno finita de' costrui' prima del quartiere, come se fossero gli abitanti a dove' forni' clienti a Porta de Roma e non, al contrario, er centro commerciale a offri' servizi al quartiere... e poi chissà 'ndo vanno a fini' i profitti e se pagano le tasse."

"Io volevo solo comprarmi un paio di mutande."

"Le mutande, eh? Fosse pe' quello... Come te chiami?"

"Elisa."

"Piacere, io so' Corado, ma tutti me chiamano Colorado."

"Perché?"

"T'ho spiego un'altra vorta. Prima però, se vòi torna' qui dentro senza problemi, te devo impara' un po' de' *difesa vegetale*."

I PAPPAPLASTI

Le difese vegetali di Colorado non ti guardano negli occhi, ma è come se lo facessero tramite le narici. Tu apprezzi la loro riservatezza, non ti senti osservata, e puoi annusare la loro presenza, percepirne l'essenza, scambiare odori e profumi con ciascuna di loro come se fosse un cenno di saluto o un gesto di cortesia al primo incontro.

Colorado vive dietro al PuzzleLab al Tufello e ci sarai passata almeno mille volte per andare e tornare a casa dall'università, però mai, prima d'ora, avevi notato il terreno incolto nascosto da una siepe di rovi su via di Monte Meta.

"Non ce fa' caso, lo so che pare un casino ma è naturale."

All'interno di una casupola tondeggiante stampata in resina, ci sono vasi di ogni forma e dimensione con dentro piante, fiori e alberelli. Ogni oggetto elettronico presente in quello spazio è associato a una pianta che serve a "depurarlo": lo schermo TV appeso al muro è incorniciato dal fusto ricurvo di un cactus molto carnoso percorso da lunghe file di spine, mentre il frigo è incassato nel tronco di un ciliegio, la lavatrice, invece, è un cestello rotante di abete collegato a una catena e azionato da una pedaliera in bambù.

"Vie', annamo nella serra."

Fuori, in giardino, un'altra tensostruttura più rudimentale, lunga una ventina di metri, è ricoperta di lastre solari flessibili e punteggiata di piccole turbine le cui lame morbide, flessibili e oblunghe somigliano ai petali dei tulipani. A ogni filo di vento, si mettono a girare emettendo un sibilo piacevole, come un fruscio energizzante.

"Ti presento le contromisure, anzi mejo, le mie armi tattiche."

Se non fosse per le etichette, faticheresti a riconoscere le tante piante aromatiche: rosmarino, salvia, origano, santoreggia, finocchio, maggiorana, timo, e poi camomilla, lavanda, elicriso, aglio e piantaggine.

"Ma che lavoro fai?" Chiedi incuriosita.

"Potrei essere un erborista o un medico, ma è proprio il concetto de' lavoro che non me se addice, ecco."

"Te invece? Scommetto che stai ancora a studia', c'avrai vent'anni... sbajo?"

"Ventidue, mi sono trasferita l'anno scorso da Civitavecchia dopo anni di pendolarismo e sto finendo di studiare Scienze della Comunicazione a Tor Vergata, indirizzo Semiotica."

"Ah, pur'io me occupo de *semi*," sbotta a ridere Colorado.

Insieme alle erbe aromatiche ci sono alcuni fiori che riportano nomi speciali: una rosa rossa ribattezzata Pëtr Alekseevič Kropotkin in onore del filosofo anarchico, un garofano giallo dedicato all'attivista ambientale Vandana Shiva, un altro color argenteo per l'hacker agricolo Pawel Ngei e un eliotropio per il militante politico Valerio Verbano.

"Che meraviglia queste rose!"

"Ah, quelle sono le mie ragazzine. L'ho fatte io."

"In che senso?"

"Nel senso che mio padre m'ha imparato a manipola' stami, corolle, petali, antere e pistilli pe' incrocia' le specie e inverti' le varietà dei fiori. C'ho messo sei anni pe' crescele così."

In pochi istanti, capisci che la tua conoscenza dei fiori è imbarazzante; a stento sapresti riconoscerne uno dall'altro.

"È difficile?"

"Difficile no, faticoso sì. L'ibridazione se fa' prima dell'alba, quando le antere so' ancora chiuse. Allora pigli i fiori maschili, je togli i petali, li metti su un foglio e li lasci sotto al sole. Quando se so' asciugati, gli stami se aprono e fanno cade' er polline sulla carta. Dopo qualche ora lo raccoji con un imbuto, lo versi sull'organi femminili e la fecondazione è fatta."

Ti vergogni della tua ignoranza. Arrossisci, abbassi lo sguardo e cambi discorso.

"E dove tieni le difese?"

"Di qua, te faccio vede'," risponde lui facendo strada per il sentiero, "una volta a Porta de Roma ce stavano solo campi, da piccolo c'annavo co' mi padre e mi madre a raccoje la cicoria e la mentuccia. Poi quando se so' messi a costrui', mi padre e mi madre hanno iniziato a semina' qui tutto quello che sarebbe scomparso là. E c'avevamo ragione, se non l'avessimo ripiantato, mo' non c'avrei niente da magna' oppure me toccherebbe magna' la roba artificiale del supermercato."

Le difese vegetali ti si presentano a una a una tramite il racconto di Colorado: "Ecchele qua... e mo' presentateve!"

Vedi l'associazione scritta in modo chiaro e netto.

Mentuccia --- Raffreddore, febbre, malattie dell'apparato respiratorio, congestione toracica

Salvia --- infiammazioni della bocca, pancia gonfia, piccole ferite, eccessiva sudorazione, disturbi della menopausa.

Cardo ---- ittero, coliche biliari, epatiti, mal di stomaco, ulcere e insufficienze circolatorie venose.

Passiflora --- insonnia, problemi gastrointestinali, disturbi d'ansia generalizzata.

"Perché metti i cartellini? A che servono?"

"Beh, non faccio tutto da solo. Una volta a settimana apro la serra, e chi vole se viene a prenne' quello che je serve. Coll'etichette fanno prima e non me stanno sempre a chiede' a che serve questo e a che serve quello..."

"Ma davvero sono pericolosi questi COV? Io non li ho mai sentiti prima."

"Te credo, non è che je fanno la pubblicità. Negozi, uffici e palazzi contengono un sacco d'elementi derivati della plastica e producono COV, tipo formaldeide, benzene, xylene o tricloroetilene; roba che sta dentro le colle, le vernici, i tubi e le giunzioni o nei collanti e nei mobili, soprattutto impiallacciati. Se quella roba se concentra nell'aria te po' veni' de tutto, l'asma, la tosse, er cataro. Gli americani la chiamano 'sick building syndrome.'"

Di colpo ti si chiariscono molte situazioni: le nausee, gli svenimenti e i livori degli ultimi mesi a Porta di Roma ti risalgono su per la gola come succhi gastrici indigesti. La spiegazione non ti fa stare meglio, solo meno peggio. Poi un movimento ti distrae.

"Quelli a che servono?"

In mezzo alla terra vedi strisciare una manciata di vermicelli; si stanno aggrovigliando uno sull'altro con una certa foga intorno a un pezzo di polistirolo.

"Io li chiamo pappaplasti, se magnano il polistirolo. Però di base sono larve de' coleottero, genere Tenebrio, e dentro c'hanno dei microrganismi che je permettono de smalti' le particelle plastiche."

"Come i sacchetti?" Mentre chiedi un'idea malsana sta già prendendo forma nella tua mente.

"Esatto, una cinquantina de pappaplasti possono converti' 20 grammi de' polietilene al giorno."

"E in che cosa lo convertono?"

"Anidride carbonica, come farebbero con qualsiasi altra fonte de cibo."

"Forse mi è venuta un'idea. Però prima potresti prepararmi un "neutralizzatore"?

"Certo, a che te serve?"

"Devo tornare a Porta di Roma. E ci devo restare minimo un'ora."

E così riparti all'attacco del centro commerciale, a passo di carica, sguardo dritto, narici spalancate, ma stavolta sei imbottita dalla testa ai piedi di *dracena marginata, giglio della pace, pothos dorato, filodendro, edera* e *clorofito*. È stato Colorado a preparare le tue difese botaniche stamattina all'alba dopo aver raccolto nella serra dei mazzetti di erbette fresche.

Ogni tasca è piena, ogni lembo infarcito, ogni asola guarnita.

Hai un aspetto buffo, da giullare new age ma te ne freghi, perché in questa veste spassosa nessuno ti guarderà con il disprezzo di prima. E anche il tuo prof di semiotica potrebbe giudicarti in modo diverso alla luce del simbolismo dell'azione dimostrativa che ti appresti a compiere. Purtroppo, indossi uno zaino stracolmo di sacchetti di terra, che rallentano la tua andatura, decisa a non farti bloccare da nessuna guardia armata di tablet collegato alla stanza panottica.

Dall'ingresso della piazza principale dove il povero ailanto pantocratore si erge imprigionato, vai spedita alla prima toilette a sinistra del piano terra. Ti chiudi in bagno per il tempo necessario a contare e verificare lo stato dei sacchetti con i vermi che tu e Colorado avete preparato insieme. Vorresti disegnare un graffito blu fluorescente su quell'orrido mosaico di piastrelle grigie rettangolari ma non hai tempo da perdere con gli inestetismi del design da interni. Appena hai finito la conta, esci, ti guardi intorno, infili un sacchetto in ognuno dei tre cestini della spazzatura all'ingresso e prosegui verso la prossima toilette.

Sulla mappa online di Porta di Roma, hai contato 4 toilette per uomo e 4 per donna al piano terreno, e altrettante al primo piano. Più almeno 36 cestini sparsi tra i corridoi e i numerosi bar e locali dell'area ristoro. Hai fiducia nella tua resistenza fisica, anche perché man mano che i sacchetti diminuiranno, il peso sulle tue spalle calerà, restituendoti forza e coraggio per condurre a buon fine un'operazione di disturbo che al tempo stesso potrebbe migliorare la consapevolezza collettiva dei visitatori di Porta di Roma.

I pappaplasti porteranno un messaggio di salvezza e di redenzione dall'acquisto coatto, dalle processioni quotidiane lungo la via crucis delle vetrine, e contro un rosario dei consumi che si snocciola di settimana in settimana fino all'esaurimento dello stipendio e oltre le rate mensili. Per una volta vorresti vedere le facce incredule di quelli che scopriranno la bellezza della decomposizione, il fascino della digestione batterica, la meraviglia della trasformazione organica. Invece queste soddisfazioni illusorie ti sono negate nel momento stesso in cui metti piede sulle scale mobili.

Ti accorgi troppo tardi – quando sei a due metri di altezza senza poter tornare indietro – che stai perdendo granelli di terra dallo zaino e che quella striscia causata dall'ingordigia dei pappaplasti ti rende tracciabile da ogni TVCC del centro commerciale. E infatti, in cima alle scale, compare di nuovo lui, la guardia, che ti aspetta a braccia aperte e tablet sotto l'ascella per sbatterti un'altra volta fuori insieme ai tuoi amati vermicelli.

Ti viene da piangere, vorresti gridare, battere mani e piedi, ma chiudi solo gli occhi e lasci fare il resto a lui. Il tuo seminario di 'semiotica applicata' viene gettato in un bagno come fosse semolino.

Appena sbatti il sedere in terra accanto all'ailanto, la guardia sentenzia: "Stavolta l'hai fatta proprio grossa." Ti punta il tablet in faccia, e aspetta che l'AGA imprima i tuoi tratti somatici sul cloud a imperitura memoria digitale. "Sei daspata da Porta di Roma per i prossimi tre anni."

HACK-EDEN

"Che palle, sono inutile. Non servo a niente." Tieni lo sguardo basso sulle tue scarpe da ginnastica sporche di terra.

"Invece te sbaji, *a qualcuno* servi," dice Colorado, cercando di rincuorarti.

"E chi sarebbe?"

"Un gruppo de amici. Pure loro c'hanno il daspo commerciale. Se non c'hai niente da fa', te ce porto."

Per come ti senti, qualunque distrazione andrebbe bene. Annuisci senza convinzione e Colorado ti strizza l'occhio. Con il suo tandem elettrico impiegate poco più di dieci minuti per attraversare il Tufello e arrivare a Vigne Nuove.

"Visto? È stato un attimo," dice lui dopo averti fatto scendere per legare la bici a un palo della luce. "Benvenuta all'Hack-Eden, o se preferisci al Paradiso dell'Hack."

Dietro la fila di palazzine beige su viale Ennio Flaiano, c'è una distesa di veicoli parcheggiati. Alcuni non hanno più le gomme, altri sono senza lunotti e finestrini.

"A me sembra più un deposito di auto abbandonate."

"Infatti, è quello che vedono i droni stradali. Pure loro subiscono l'effetto 'cecità del verde'. In pratica vedono solo quello che riconoscono. E i droni sono programmati pe' identifica' le targhe, non le specie vegetali. Mo' guarda mejo."

Appena ti concentri sugli abitacoli, inizi a capire che, in realtà, le vetture sono vasi e le carrozzerie delle auto sono gusci svuotati dei sedili interni per crescerci dentro centinaia di piante e ortaggi.

"A Milano c'hanno er bosco verticale, e noi c'avemo er parcheggio botanico," fa Colorado ridendo di gusto e senza mascherare una punta d'orgoglio. Poi vieni distratta da alcune persone che vi vengono incontro.

"Anvedi aho! È tornato Colorado!" Un ragazzo smilzo dalla carnagione olivastra e con le braccia tatuate da androide biomeccanico porge la mano prima a lui e poi a te in segno di saluto.

"Piacere, Senthil."

Dietro di lui ci sono altre tre persone con vari attrezzi da giardinaggio.

"Perché ti chiamano Colorado?" Sussurri riproponendo la domanda.

"Te lo dico n'altra volta."

"Bella Colora', chi c'hai portato 'sta volta?" Chiede una signora di mezza età in tuta mimetica. Ha i capelli color rame e delle rughe simili alla corteccia di un pino mediterraneo.

"Lei è Elisa, soffre della nostra stessa sindrome e c'ha bisogno de impara' un po' de guerrilla gardening."

"Ah, sei nel posto giusto. Vie', te faccio vede'," fa Senthil mostrandoti la strada verso il parcheggio. Corrado invece si ferma a chiacchierare con la signora. Gli altri due ti salutano con un cenno del capo poiché hanno le mani occupate.

"Ciao, io sono Yilun," dice una donna di circa quarant'anni dai tratti orientali in una salopette a fiori.

"Piacere, Pino," conclude un uomo robusto che indossa un paio di occhialoni argentati per la realtà aumentata.

Mentre ti aggiri tra le file di auto dismesse, noti i panelli solari installati sopra gli abitacoli, il sibilo dei tulipani del vento montati sugli specchietti retrovisori, i led dei server che baluginano dai bagagliai socchiusi, e tutto un proliferare di schede ARDUINO, cavi di alimentazione e stampanti 3D.

"Durante gli ultimi dieci anni," ti racconta Senthil, "le macchine che dovevano essere rottamate, sono state 'donate' dagli abitanti del quartiere al nostro progetto di indipendenza energetica e alimentare a km 0. Loro ci danno i metalli e noi gli restituiamo elettricità e ortaggi."

"E se vi scoprono?"

"Non succede niente. Siamo già duemila famiglie off-grid tra Tufello e Vigne Nuove. E altri parcheggi botanici stanno sorgendo a macchia d'olio a Casilina, Aurelio, Magliana e Garbatella."

"Ma non possono chiudere i parcheggi?"

"Seppure trovassero i soldi per smantellare tutto," prosegue lui indicando verso l'alto, "noi siamo già pronti con l'ortitettura sui palazzi e la vegetazione pensile dai balconi. Lì, non possono farci niente. Hanno voluto la proprietà privata?" Fa Senthil con un ghigno istrionico. "E quindi adesso questo è il nostro Paradiso dell'Hack dove sperimentiamo tattiche e strategie di guerrilla gardening."

Allora inizi a raccontare dei tuoi fallimenti, della tua rabbia e frustrazione per essere stata daspata da Porta di Roma e della tua voglia di vendetta. Dal canto suo, Senthil ti mostra come funziona il "wood-wide-web" – la rete di comunicazione tra piante –, la strategia di difesa interspecie detta "il nemico del mio nemico è mio amico", e l'arma definitiva delle piante, la cosiddetta "ritirata e terra bruciata" per impedire e disincentivare l'avanzata di qualunque potenziale aggressore.

La passeggiata si conclude intorno a quattro camion dell'AMA i cui cassoni sono stati riconvertiti a luogo di nidificazione degli uccelli che in autunno passano da Roma per migrare verso paesi più caldi. E lì, osservando centinaia di storni volteggiare sul parcheggio, tra picchiate, virate e risalite, hai un'altra folgorazione, ma stavolta ti trattieni, non dici nulla e aspetti di conoscere meglio la comunità di tuoi stessi simili affetti dalla sindrome di Gruen. Anche perché da sola non ce la potresti mai fare, e avrai bisogno di parecchio aiuto per riuscire nel tuo intento.

Questione di sintesi

Nel giro di alcune settimane, sai già destreggiarti tra infusi neutralizzatori e difese botaniche improvvisate avendo imparato a distinguere e raccogliere almeno una ventina di erbe spontanee lungo i marciapiedi del Tufello. Hai persino installato sul cellulare una mappa geo-referenziata open-source con cui ti sposti agilmente da una piantina all'altra in base alle necessità di giornata. Spesso fai da pendolare tra la serra solare di Colorado e il parcheggio di via Ennio Flaiano per dare una mano dove serve, ma soprattutto hai conosciuto meglio i tuoi "compagni di guerrilla".

Olivia insegna biologia alla Sapienza e nel tempo libero fa l'erborista. Crede che mangiare fiori sia salutare, una tradizione poco nota, impiegata al massimo dagli chef stellati, che tuttavia forse risale ai tempi dell'antico Egitto. Secondo lei, l'idea che il fiore non sia commestibile è sbagliata, perché per esempio mangiamo il carciofo, le cime di rapa e il cavolfiore. "E allora?" dice Olivia, "perché no le rose? I petali sono davvero gustosi e io ce faccio le torte."

Senthil ha studiato agraria a Viterbo e dopo aver fatto il bracciante a Latina, adesso lavora come giardiniere, ma nel giro è conosciuto per aver ampliato e sviluppato la rete degli orti urbani di Roma nord. Sa cucinare un'infinità di varianti di pesto con decine di spezie diverse.

Pino è un giornalista ambientale e ricercatore in Scienze della Comunicazione a Roma Tre. Ha fondato Freewalker, un'associazione culturale che si occupa di organizzare percorsi di conoscenza del territorio mediante "attraversamenti psicogeografici" dell'Urbe. Le sue esplorazioni sono l'attività più richiesta tra gli studenti dell'università (dice che poi loro si fanno dei gran trip!).

Yilun è una designer e pianificatrice del territorio che da Pechino si è trasferita quindici anni fa a Roma per amore. Ha scoperto la corrente del "solartivismo[22]" – uno strumento di analisi della realtà all'intersezione di energie rinnovabili, arte e attivismo – e da allora si occupa di trovare fondi e finanziamenti per rendere il parcheggio di via Ennio Flaiano un luogo utile per il quartiere e un esempio da replicare altrove. Cura i social e di fatto è la PR del gruppo.

Quindi, durante l'incontro di oggi, decidi che è il momento di vuotare il sacco.

"Adesso vi svelo la mia strategia, che poi è la sintesi di queste settimane passate insieme. E forse, se le cose andranno bene, sarà anche la base della mia tesi di laurea."

Ti alzi e inizi a tracciare con un ramoscello il perimetro di Porta di Roma sul terreno polveroso accanto al parcheggio; poi tiri delle linee oblique che dall'esterno convergono sul centro commerciale. Spieghi il piano nei minimi dettagli della fase 1 e della successiva fase 2. Quindi guardi le reazioni stupite sui volti dei tuoi compagni, ascolti i loro dubbi e le

---

22 Solartivismo è un neologismo formato dalle parole "solar", "arte" e "attivismo"

loro obiezioni e rilanci con altri puntini e segmenti disegnati sulla parte bassa del diagramma.

Alla fine, Olivia batte la mani ed esulta: "È una follia! Tu sei pazza, per cui ci sto, mi piace!"

"Può darsi che sia pazza, però mi sento come il povero ailanto. Ingabbiato e trattato come un elemento infestante da tenere a distanza per timore che possa corrompere l'ambiente circostante."

"Hai ragione," dice Olivia, "la storia dell'ailanto è davvero triste. Prima l'hanno portato qui dall'Asia e poi l'hanno messo al bando. Nell'Ottocento, quando si è diffusa la pebrina, una malattia che colpiva i bachi da seta, hanno deciso di usare un altro lepidottero, il bombice dell'ailanto, per non interrompere la produzione di seta. Il bombice non produce una seta pregiata come il baco ma alla fine si è diffuso in mezza Europa."

"E poi? Poi che è successo?" Chiedi come se in quella domanda si celasse il mistero della tua stessa genealogia.

"Poi hanno trovato un rimedio contro la pebrina e il baco da seta si è ripreso il suo posto sul gelso, mandando il bombice e l'ailanto nel dimenticatoio. Anzi adesso l'albero del Paradiso viene considerato una specie infestante da estirpare e debellare."

"Però non è sparito."

"No, per fortuna alcuni esemplari di falena sono fuggiti dagli allevamenti e si sono riprodotti sugli ailanti che nel frattempo si erano naturalizzati, dopo essere stati piantati per consolidare le scarpate ferroviarie oppure lungo i viali alberati e per opere di conservazione antierosiva del territorio."

"Non andrebbero visti così male," dice Senthil.

"Certo, pensa che se una pianta viene accolta in un giardino si chiama esotica, se invece ci capita per caso, portata dal vento, senza invito ufficiale, viene considerata invasiva. La stessa pianta può essere benvenuta o clandestina."

"Un po' come succede alle persone," aggiunge Yilun.

"Sì, anche se per le piante un giardino è un recinto."

"E per le persone uno stato è un recinto," ti viene da ribattere, "quindi viva la mescolanza!" Osservi a uno a uno i tuoi compagni di guerrilla, sostieni i loro sguardi navigati e un po' malconci, pur essendo tu la più giovane e l'ultima arrivata. "Allora me la date una mano?"

Colorado solleva un cinque, e tu ti affretti a batterlo con energia. Lo stesso fanno Olivia, Senthil, Pino e Yilun.

OPERAZIONE GUANOCALISSE

Guardi il cielo sopra Porta di Roma sapendo che la vendetta arriverà presto.

Gli stormi si addensano e diluiscono come nuvole primaverili a batuffoli, grigiastre, gioiose, cinematografiche, del tutto innocue. Solo che oggi è Natale e quegli storni costituiscono gli elementi di un regalo venefico che stai per offrire ai clienti del centro commerciale come forma di compensazione per tutto ciò che hai passato negli ultimi mesi. Risatine. Segnalazioni. Interrogatori. Allontanamenti. Spintoni. Umiliazioni.

Ora sai che il nemico del tuo nemico può essere tuo amico.

Ora sai che le piante e la loro rizosfera possono diventare una difesa e, allo stesso tempo, una salvezza per una società in decadenza.

Dal terrazzo di casa di Olivia, Porta di Roma dista trecento metri in linea d'aria. I tuoi compagni di guerrilla, come truppe prima della battaglia, sono stati dispiegati sul campo in avanscoperta mentre tu, novella condottiera bandita dal partecipare in prima persona, gestisci le manovre a distanza.

"Ci siamo. I rider hanno confermato," comunichi agli altri tramite un vocale sulla chat di Telegram. Col binocolo da birdwatching di Olivia, scruti in lontananza il brulicare dei clienti che s'affrettano a comprare gli ultimi regali prima del coprifuoco per il cenone di Natale. File di consumatori incolonnati, auto in doppia fila dal clacson facile, motorini sciamanti, famiglie in evidente affanno da desideri fuori budget e coppie ansiose di concludere la giornata in una gloriosa promozione salva-relazione.

Sul display, ti arrivano le icone con i pollici alzati dei compagni e allora sposti lo sguardo sul piazzale. Sorridi al povero ailanto, perché in fondo lo stai facendo anche per lui, e poi inizi a notare le prime chiazze comparire sui sampietrini: un picchiettio continuo di schizzi che, nel giro di poco, maculano la superficie del piazzale. Non puoi ascoltare i rumori, né annusare gli odori però sai quello che sta per succedere. Il lastrico si trasforma, cambia colore e da grigio-marrone diventa giallo-verde, mentre ciò che le persone da principio hanno creduto (e sperato) essere soltanto una specie di trattamento per la pulizia e l'igiene degli ambienti esterni si rivela essere uno strato di viscido guano...

Accortasi della presenza degli stormi, la gente guarda inorridita verso l'alto e tenta di proteggersi con le scatole dei regali, di farsi scudo con le buste griffate e rifugiarsi sotto la carta da imballo, ma dall'alto gli piove addosso una grandinata di lurido liquame, dovuta al fatto che gli uccellini sono ghiottissimi di una composta a base di crema di olive e di frutta zuccherina che tu stessa hai preparato in grandi quantità nei giorni scorsi.

La prima fase del piano è cominciata e, tuttavia, non avrebbe funzionato senza uccelli, né alberi nella giusta posizione. Avevi gli storni pronti ad alzarsi in volo dal parcheggio di via Ennio Flaiano ma per guidarli fino a Porta di Roma il giorno esatto, sei dovuta ricorrere a tutta l'esperienza e alle conoscenze dei tuoi compagni di guerrilla: dato che il centro commerciale aveva rimosso ogni pianta e albero, avete chiesto a

Bharathi – il fratello di Senthil che gestisce un parco animazione per bambini – di proporre come attrazione natalizia una foresta di gonfiabili vicino agli ingressi e ai parcheggi. In questo modo gli uccelli avrebbero avuto un posto dove trascorrere la notte prima dell'operazione. Quindi, per attrarre gli stormi, la superficie degli alberi gonfiabili è stata spalmata di composta dagli addetti al montaggio, tutti amici rider di Corrado e assidui frequentatori del centro sociale PuzzleLab.

Nel frattempo la situazione sul piazzale è peggiorata e la sottile patina di guano è diventata una membrana insidiosa su cui centinaia di persone stanno scivolando e pattinando, mentre altrettante auto slittano e sgommano in maniera pericolosa.

"I pappaplasti sono pronti?" chiedi sulla chat.

"Sì, cestini aperti," risponde Senthil, incaricato insieme a Pino di portare a termine quanto tu stessa non sei riuscita a concludere mesi fa.

Gli agenti sono in subbuglio, non hanno mai fronteggiato un nemico del genere, così numeroso e anonimo, né hanno mai dovuto pilotare i droni per disperdere centinaia di storni. Quando il primo drone va a sbattere contro un gonfiabile producendo un boato simile allo scoppio di uno pneumatico, il caos dilaga dappertutto. Gli uccelli si agitano e spingono altri droni contro gli alberi di plastica che si strappano e scoppiano uno dopo l'altro. Poi, dalle uscite di Porta di Roma, si riversano fuori migliaia di altre persone in preda all'orrore: la vista dei pappaplasti li ha spinti di corsa verso il parcheggio. C'è chi cerca rifugio in macchina, chi brandisce ombrelli e chi sacrifica scatole griffate per aprirsi un varco tra la folla in preda al panico.

Tu osservi tutto con calma, e quando vedi comparire dall'asfalto crepato le testoline dei funghi prataioli – le cui spore sono state disseminate con cura nelle settimane scorse tra gli interstizi del parcheggio per sbocciare proprio in questi giorni – sai che la prima fase del piano si è conclusa.

Camminare e guidare è diventata un'esperienza orripilante e disgustosa ma anche di estrema consapevolezza. Nel giro di niente, le auto in fuga si coprono di guano e si formano ingorghi e incidenti che bloccano il traffico fino al Raccordo Anulare.

"Ritirata. Missione compiuta," dici soddisfatta sulla chat.

SEI MESI DOPO
OGNI COSA È CONSUMATA

Per oltre due mesi, grazie al lavoro di Yilun, l'hashtag #guanocalisse è rimasto tra gli argomenti più commentati sui social. È bastato un interminabile profluvio di post, di immagini e di video registrati durante la vigilia di Natale a decretare il lento ma inesorabile declino di Porta di Roma. La seconda fase del piano, infatti, consiste nell'attesa. Il possibile ritorno di storni, pappaplasti e funghi prataioli ha dirottato i clienti verso luoghi meno rischiosi per lo shopping.

Al terzo mese di ricavi in caduta libera, il CDA di Porta di Roma, in sessione plenaria online su nove fusi orari, approva una delibera per cui "gli investimenti vengono temporaneamente sospesi in vista delle opportune azioni legali, sgravi fiscali e sostegni finanziari che la Regione Lazio dovrà mettere in atto affinché siano ripristinate le condizioni favorevoli allo svolgimento delle attività di valorizzazione dell'area di Porta di Roma." L'effetto immediato della delibera è un'emorragia di negozi che, di settimana in settimana, abbassano le serrande per riaprire altrove.

Nessuno ha mai sospettato un legame tra gli uccelli, i gonfiabili e la composta.

Nessuno ha mai notato i compagni di guerrilla aggirarsi

nei giorni precedenti la vigilia di Natale a Porta di Roma: ogni telecamera era stata opportunamente spostata quel tanto da creare inquadrature con "corridoi d'invisibilità" difficili da rilevare nella control-room.

Quattro mesi dopo, allo scadere dei contratti del personale di servizio, manutenzione e sicurezza, ciò che era successo con la pandemia da Covid-19 si ripete a Porta di Roma e la scomparsa degli ultimi lavoratori lascia il campo libero per altre specie, nonostante alcuni consumatori incalliti si aggirino ancora tra i negozi malandati costretti all'inesorabile "svuota tutto".

Cinque mesi dopo, compaiono i graffiti e le vetrine rotte non vengono più riparate. Gli uccelli – senza inquinamento sonoro e luminoso – riprendono a nidificare sui tetti, mentre un vivace manto erboso, incolto e selvatico, è risalito per le scale mobili e ha ricoperto le terrazze interne e parte dei pavimenti del secondo piano. Al posto dei droni, hanno ripreso a svolazzare dei leggiadri bombici marroni, farfalle grandi circa 15 cm, che si cibano delle foglie di ailanto. Pino e Senthil li hanno reintrodotti senza troppi sforzi in quell'habitat mutato a loro favore.

Come succede spesso da qualche mese, tu e Colorado arrivate in tandem sul piazzale, che ormai sarebbe meglio chiamare radura, dopo aver percorso il sentiero di collegamento tra il Tufello e Porta di Roma. Olivia, Senthil, Pino e Yilun vi stanno già aspettando con gli attrezzi in mano, ma prima di qualunque altra cosa, porgete un saluto all'ailanto pantocratore, i cui semi – detti samare – hanno finalmente trovato fessure e crepe dove poter germogliare in quanto le micorize dei funghi prataioli hanno dissestato il lastrico di sampietrini fino all'ingresso di IKEA e LEROY MERLIN.

"La mia tesi di laurea è quasi pronta. Venite, andiamo dentro."

Dalle pareti dell'ex Porta di Roma scende la piombaggine, una pianta simile a una grande nuvola azzurra a batuffoli e dove qualche mese fa s'innalzavano i banner illuminati di EXTYN e JONNY JOY, adesso crescono gli enormi fiori violacei dei carciofi. I neon colorati di IDEXE e le sequenze di flash di OKAIDI sono stati rimpiazzati da folti sciami di api che ronzano in cerca di fiori da suggere. L'alone fluo della vetrina di PIMKIE continua a intravedersi tra le 3 e le 4 del pomeriggio, quando il sole passa sopra il lucernaio spaccato. La torre di volantini marciti della CONAD ospita un formicaio, mentre nelle casse satellitari di SONNY BONO si è insediata una colonia di cardellini.

"Che meraviglia, ogni cosa è consumata," dici percorrendo il corridoio centrale.

Il gruppo si ferma davanti alle vetrine di H&M.

"Era l'unico negozio con i vetri ancora intatti."

Due cellulari montati su una struttura di legno stanno registrando lo spazio espositivo della vetrina.

"Poiché viviamo in un tempo artificiale scandito da dispositivi elettronici e algoritmi digitali," dici ai tuoi compagni come se stessi per fare le prove generali della tua tesi di laurea, "la nostra attenzione si è adeguata alla scala del nanosecondo e all'ampiezza di un raggio di luce. Stiamo perdendo la capacità di pensare "a" e "con" altri esseri viventi e processi naturali che invece esistono su scale temporali e geografiche diverse: il mutare delle stagioni, la migrazione degli uccelli, la durata della vita di alberi e piante."

Nella vetrina, alcune piantine di ailanto stanno "nutando", muovendosi cioè nel tipico movimento vegetale, all'interno di una collezione di abiti in stile post-apocalittico, e sembrano averli indossati. Sulla vetrina di destra è riportata una poesia, scritta con uno spray giallo elettrico.

Una foresta cibernetica
Piena di pini e materiali elettronici
Dove i cervi passeggiano tranquilli
Accanto ai computer
Come se fossero fiori
Con boccioli che ruotano

Richard Brautigan (*All watched over by Machines of Loving Grace*)

L'installazione si completa nel momento in cui lanci il video delle ultime tre settimane a velocità 5X.

"L'attenzione, però, è qualcosa di orientabile, di allenabile, qualcosa che si può riportare a un tempo 'potenziato' più che umano. Gli strumenti di raccolta dati, di misurazione, di registrazione e di visualizzazione dei fenomeni possono essere impiegati per accrescere la consapevolezza e sviluppare una capacità di attenzione e di cura diverse, soprattutto se saremo in grado di compiere scelte consapevoli riguardo al tipo e alla qualità di tempo in cui vogliamo vivere."

All'inizio, il video mostra i germogli sbucare dal terreno e iniziare a "circumnutare", a salire, a crescere e a muoversi in un cerchio o in un'ellisse irregolare. È la nutazione a permettere alle foglie di piegarsi e appiattirsi, e ai petali di incresparsi e arricciarsi: quel meccanismo è alla base di quasi tutti i movimenti delle piante e, giorno dopo giorno, ha plasmato gli abiti in una modalità non necessariamente simile all'anatomia umana.

"Il problema è questo: noi esseri umani occupiamo una porzione di tempo e di spazio così ristretta che non riusciamo a immaginare la velocità e la scala degli altri mondi, non possiamo ragionare al loro stesso ritmo, a quello dei cambiamenti che gli abbiamo imposto, né a quello a cui dovremmo adattarci per sopravvivere tutti insieme. La nostra mente, da sola, non è all'altezza di tale compito, ma grazie alla tecnologia e all'immaginazione, che unite danno vita a una sorta di fantascienza del reale, disponiamo dei giusti strumenti per correggere i nostri limiti biologici."

Davanti ai tuoi compagni di guerrilla prende forma un estratto della vita degli ailanti, e se ne coglie da subito il dinamismo, insito nei loro movimenti fluidi, frutto di paure e di desideri.

Dopo dieci minuti, le nutanti hanno indossato gli abiti e assunto un'identità ibrida e bizzarra, che tuttavia le avvicina in maniera sorprendente al nostro mondo.

"La nutazione avviene in ogni pianta, dai germogli di girasole agli alberelli di faggio, avviene nei funghi e anche nelle ife dei miceli. È la vita che si sveglia e intraprende una ricerca, è un'esplorazione dell'ambiente e l'inizio di un'avventura incredibile," dici in conclusione e fai un inchino accanto alle nutanti che paiono imitarti.

I compagni di guerrilla applaudono: Olivia è commossa, Colorado visibilmente concentrato, Senthil approva con i pollici e Pino sorride di gusto e sbotta: "Propongo la lode e il bacio accademico!"

Tutti ti si stringono attorno e ti baciano sulle guance e sulla fronte, e tu ti senti finalmente di far parte di qualcosa che non ha confini, qualcosa di indeterminato, né definibile a parole. Senti le loro braccia stringerti e nello stesso istante vedi alcuni rami premere contro il vetro. Le gemme hanno lasciato dei segni, lievi scie opache prodotte dalla nutazione, forse è il loro linguaggio, una forma di comunicazione con la punta dei rami non diversa dalla nostra modalità manuale. Quel mistero te ne ricorda un altro, e allora prendi Colorado sotto braccio.

"Allora ti decidi a raccontarmi perché ti chiamano Colorado?"

Lui sogghigna e stavolta ti accontenta.

"Mio padre era un biologo e voleva torna' a lavora' la terra perché s'era stufato de magna' er cibo del supermercato. A trent'anni è andato per tre mesi negli Stati uniti con l'idea de fa' un viaggio de piacere e de lavoro. Voleva introdurre in Italia certe piante adatte ai terreni aridi. Credeva che er cambiamento climatico sarebbe arrivato prima e peggio de quanto non dicessero in TV. E insieme ai semi delle piante s'è portato indietro pure mia madre."

"Tua madre? In che senso?"

"Nel senso che lei lavorava come figurante in uno de quei tristissimi parchi a tema dove riproducevano la vita dell'indiani."

"Era indiana?"

"Sì, non hai notato niente?"

"Beh, con il tuo romanesco, pensavo che la tua famiglia al massimo venisse dal sud Italia."

"In parte è vero, mio padre se chiamava De Stefano e veniva dal centro della Sicilia, ma mia madre era Cherokee della famiglia Culstee, originaria der Colorado."

"Siamo tutti migranti, animali, piante e persone."

Senthil ti si avvicina e chiede: "Siamo qui da più di un'ora, come ti senti?"

"Benissimo, non ci ho neppure fatto caso."

Ti guardi le mani sporche, piene di terriccio, di spore, di pollini e di chissà quanti altri microbi. E noi riguardiamo te con riconoscenza, l'abbiamo fatto sin dall'inizio, raccontando questa storia dal nostro punto di vista privilegiato, e anche da ogni poro e batterio del tuo stesso organismo. Perché viviamo tutti insieme, anche se non si vede.

Illustrazione di Silvia Stazi

Oggi, davanti al balcone di casa, è sorto l'ennesimo albero finto. Ormai vivo circondato da una piccola selva di piante plastificate, all'ombra di sagome ingombranti. L'hanno tirato su in una notte per migliorare la ricezione 5G del quartiere! Invece dell'azzurro del cielo, del bianco delle nuvole, le mie finestre lasciano filtrare solo il grigiore del cemento. Adesso ascolto il fruscio di un "plastano" senza sapere se il rumore emesso dalle casse fogliari si stia diffondendo in diretta da un bosco del Trentino oppure se sia una squallida registrazione di quando c'era ancora il parchetto di lecci e pini sotto casa.

Stavolta il sosia fronzuto è a meno di tre metri. In caso di necessità, potrei usarlo come scala antincendio. Ai suoi lati, ci sono già il traliccio del ripetitore TV rivestito di finti aghi di pino e il filare di pali della luce con indosso un'orrenda mimetica di moquette marroncina.

Un monolocale al quarto di sedici piani non può sopportare tanta tensione e così decido di uscire per svuotare il cervello, ma prima di farlo i prototipi di nasi, orecchie e dita mi fissano ansiosi dalla mensola, accanto al poster dei Chemical Brothers. Devo consegnare due esemplari di nasi e tre di orecchie al reparto grandi ustionati all'ospedale Sant'Eugenio entro lunedì mattina; tuttavia, senza serenità, farei solo danni alla stampante 3D. Sempre ammesso che i black-out di stagione non m'impediscano di comporre durante il weekend.

Cerco piccoli assembramenti di persone, mucchietti di carne sudata e concentrazioni di afrori umani. Almeno fino a quando i plastani non saranno in grado di diffondere odori sintetici per ingannare altri nostri sensi. Non trovo nessuno di vivo. Qualche drone a zonzo fa tele-turismo per chissà chi, da chissà dove. Rare auto a guida autonoma vagano come flâneur in attesa di passeggeri che risveglino i loro sensori. Gli unici rider in giro sono agili canidi pilotati da gamer stravaccati sui divani per guadagnare due spicci per un upgrade.

Poi li adocchio. Se ne stanno all'ombra di una scala a chiocciola dietro al centro commerciale. Sono almeno otto e sono adolescenti tra i dodici e tredici anni. Un po' agitati, smanettano ai cellulari sinfonie di emoji. Mi avvicino mandando una stringa di avvertimento: simbolo di pace + braccia alzate + sorriso + timidezza.

Loro ricambiano con tanti pollici in su. Bro+Bro+Bro.

Uno di loro si scansa e allora intravedo, lì in mezzo, una donna piegata sulle ginocchia con la divisa arancione da "acchiappavivi". Di solito gli operatori biologici vengono chiamati per le disinfestazioni e derattizzazioni, ma ormai si occupano di qualunque cosa: vedi pure lupi, cinghiali, volpi, conigli, testuggini, scoiattoli, lontre e rondoni.

Quello a cui stanno assistendo, quasi fosse una visione ultraterrena, è un fenomeno che emette lucore: come se decine di led si siano stesi e messi in fila indiana, o come se l'arcobaleno si fosse ridotto a strisciare per terra. Le emoji flippano a tutta velocità: punti interrogativi, punti esclamativi, facce incredule, mani perplesse e animali bizzarri fino a finire la tastiera.

Alla fine l'esperta – direi una zoologa – dopo aver afferrato l'essere con una pinza raccogli rifiuti dalla griglia del tombino, emette la sentenza: VIPERA.

Tutti si allontanano di colpo. Le emoji diventano segnali di divieto, gambe levate, acchiappafarfalle, veleno, barattoli, sbarre, gabbie, bombe a mano e funghi atomici.

Io invece voglio vedere quel bagliore da vicino. Sembra artificiale ma non lo è.

"Non fa niente," dice lei voltandosi verso ragazzini, ma ci sono solo io, perché quelli sono già spariti in cerca di altri segnali da captare sui display. "È solo spaventata."

Poi, facendo forza su un'escrescenza sotto la mandibola del rettile, ne cava fuori un ratto dalla bocca.

"Perché è fluorescente? Non succede solo agli insetti?" Chiedo incuriosito.

"Sì, ma non solo a loro. È la chemiluminescenza, per cui questa povera bestia è stata modificata oppure ha sviluppato un tratto somatico per adattarsi a vivere in città. Dovrei analizzare il suo DNA per risponderti."

"E ora che te ne fai?"

"La porto al rettilario. Ce ne sono altre due e di sicuro non sarà l'ultima. Lì starà al sicuro e non si sentirà sola."

Quel lucore fluorescente svanisce nello zaino della zoologa, ma a me resta conficcato nel cervello.

Quella notte succede di tutto: faccio sogni fluo con persone fluo che ballano indossando abiti fluo, su arti e parti fluo composti alla stampante 3D tipo ali, vibrisse, pinne, artigli, creste e code. E io fluo danzando insieme a loro. Poi mangio fluo, bevo fluo e secerno fluo. È tutto un fluo dentro un altro fluo che fluoisce in un flusso continuo. Alla fine mi fluo addosso e quando mi sveglio, e dalla finestra intravedo il boschetto di finti pali, antenne camuffate da piante rigogliose, quadri incorniciati di neon giallo-verdi e rampicanti sintetici che si protendono fin dentro il davanzale di casa mia, ho una folgorazione.

Istruisco ChatGPT e nel giro di dieci minuti scarico due tutorial in RV e un video: il primo, da Boston, su come funziona la fosforescenza (istruttivo ma complicato, quindi inutile), il secondo, da Bangalore, sugli organi fotofori di una lumaca (prezioso per scoprire che la luciferina, in presenza di ATP, magnesio e dell'enzima luciferasi perde elettroni e libera energia in forma di luce) e il video di un tizio dalle parti di Civitavecchia con una piscina piena di krill arancio-fluo che rivende alle feste dei bambini.

Poi apro il programma NANOCAD e inserisco la formula della luciferina della lumaca: è un'aldeide a catena lunga e una riboflavina fosfato ridotta (sì l'ho trovato sul sito di Appropedia, viva la conoscenza incrementale condivisa!) Poi, sul sito open-source di e-Den, compro la formula chimica di alcuni semi comuni: trifoglio, calendula, limone, bella di notte, erba medica. Poi cerco tra le cartucce di materiale biologico che di solito uso per le protesi anatomiche se ho gli elementi richiesti dal NANOCAD. Per scrupolo, faccio un test di compatibilità. Vorrei evitare brutte sorprese. Supero le notifiche arancioni, modificando alcuni parametri nutritivi delle cellule staminali di partenza. Quindi inserisco la sequenza del composto fotoforo all'interno del DNA dei semi (il plug-in di CRISPR-CasX mi indica la locazione esatta dove ottenere la maggiore probabilità di successo lungo la stringa molecolare) e schiaccio il pulsante di avvio.

Stampo un seme.

Mi sento Pan, dio ramingo della foresta potenziata.

Allora ne stampo altri venti, quaranta, ottanta.

Fino alla fine del nastro di materiale biologico.

In preda all'eccitazione, raccolgo quei granelli di tecnologia domestica e li infilo in un sacchetto di mais. Poi passo a riempire una bacinella con tre tazze di compost, cinque tazze di argilla e due d'acqua. Infine, faccio tante palline, più sferiche che posso, e in ciascuna di loro inserisco un semino. Appena ho finito di riempire ogni tasca del giubbotto di artiglieria botanica, esco di casa e inforco lo scooter.

Fino al calare del sole sulle strade desolate, compio un rituale di inseminazione artificiale: allungo un braccio in una tasca e lancio palline a casaccio, senza un obiettivo specifico, eseguendo un gioioso "seed-bombing" a ogni chilometro, da casa mia fino al raccordo anulare e ritorno. Loro la chiamano guerrilla gardening, per me è silvicrazia.

Se la tecnologia dissimula la natura, io voglio naturalizzare la tecnologia o tecnologizzare la natura, devo pensarci.

Aspetto un paio di giorno, un paio di settimane, un paio di mesi. Non piove e divento Pan-demonio. Impreco contro il capitalocene, contro l'estinzione delle nuvole, contro la cecità del verde.

Non basta danzare in cerchio, non basta pregare a mani giunte, né invocare Gea, Pachamama, Žemyna, Tellus e Gaia, non basta insufflare il cielo di ioduro d'argento.

Ogni giorno, sulla strada per andare al Sant'Eugenio, perlustro le strade di semina in cerca di segni premonitori.

Un passerotto che plana per beccare.

Un coniglio che fugge spaventato.

Una zampata rivelatrice di cinghiale.

Niente, le bombe botaniche restano inesplose. Forse ho sbagliato tutorial, forse ho sbagliato formula, forse ho sbagliato sogno.

Ogni giorno i miei nasi escono un po' più storti, le orecchie più imperfette.

Ogni notte torno a casa senza fluo.

Allora inizio a fare brutti pensieri: se la mia responsabile di reparto dovesse accorgersi di questi difetti di composizione e lamentarsi dei risultati delle mie stampe, rischio di tornare a lavorare come tolettatore al negozio di lavaggio animali H24, o peggio ancora a fare il mestiere balordo di modder per la clinica di chirurgia creativa STRANIMALI. Ho già stampato abbastanza code biforcute, ali sfrangiate, nasi aquilini, orecchie elfiche, zampe col tacco, pelle glabra, e unghie retrattili su quelle povere creature.

Poi, una mattina, come fossero tanti angeli vendicatori, oltre le ramificazioni di antenne condominiali, parabole satellitari e motori dell'aria condizionata, compaiono decine di nembi scuri. Un controsoffitto di agenti meteorologici incazzati che borbottano il loro disappunto e promettono battaglia. Me li immagino caricarsi di mille sfumature iridescenti e riversare un caleidoscopio di pioggia scrosciante, fulmini d'elettricità e trombe d'aria. Che possiate sradicare ogni cartellone dalle fondamenta, abbattere i plastani e tutti i loro epigoni di ultima generazione, e liberarci dal tessuto di cicatrici artificiali che infestano l'Urbe.

Esco sul balcone per celebrare un evento catastrofico tanto propizio: le gocce mi bagnano, m'inzuppano, mi fecondano. Ovunque, nel raggio della mia azione fertilizzatrice, le prime gemme luminose staranno già sbucando da terra, sollevando le loro timide testoline per illuminare i marciapiedi e restituire un benefico lucore alla necrosi d'asfalto, ignara di tutto.

L'ecoluzione passa da qui, dalla libera ibridazione interspecie, da atti di immaginazione radicale e dall'occupazione di nicchie ecologiche abbandonatc dalla metastasi della gentrificazione.

In mezzo al diluvio d'acqua, sbatto gli occhi e scorgo dei bagliori. Vedo fluo anche dove non c'è. Persino l'effetto retinico delle mosche volanti si tinge di fluo. Forse è una premonizione guidata, un colore scintillante dopo l'altro, uno scroscio poderoso dopo l'altro. I fulmini imperversano disegnando una gabbia catartica che ionizza l'aria.

Sento uno schiocco palpitarmi accanto e accecarmi la vista. Esulto, forse è il momento? Riapro gli occhi e il plastano della tortura vacilla, s'inclina e alla fine crolla con uno schianto fragoroso. Prima di interrompere per sempre le trasmissioni, il mostro mascherato si abbatte sul mio palazzo, distrugge la ringhiera del balcone, strappa via metà pavimento e mi lascia, sorridente e tramortito, sul precipizio del quarto piano.

"Che disastro..." dice il tecnico del parco condominiale il giorno dopo.

Vorrei rispondergli "che meraviglia" ma potrebbe travisare il senso delle mie parole.

"Non credo si possa riparare," aggiungo con fare malizioso, cerando di piantare il seme di una soluzione terminale al problema.

"Come sarebbe a dire... È pericoloso. Non può restare così."

"Beh, si può sempre rimuovere, no?"

Lui mi guarda, perplesso come un gatto di fronte a un reality in TV. "Non vuole più il balcone?"

Al che capisco l'abisso tra di noi. Potrei regalargli un paio di orecchie migliori per fargli capire l'urgenza di quello che intendevo o forse un naso più potente per annusare la novità del cambiamento in atto, invece non rispondo e mi defilo.

L'ho chiamato "verdore". È il mio personalissimo fluo clorofilliano, il colore che ho "crispato" nel DNA dei semi. Incorpora il calore del verde smeraldo, il lucore intenso del giallo zafferano, una punta d'azzurro cobalto più qualcosa di indefinibile, forse ineffabile, andrebbe visto per provarne il fluore.

Cresce dal basso e come un'alba sotterranea accende le strade, illumina le facciate degli edifici e riduce le ombre a timide presenze sgradite. Mi accuccio davanti alla crepa che

corre dal manto stradale fino al marciapiedi e vagheggio...
Quando i germogli verderanno, allora passeggeremo di nuovo tra selve di alberi alte dieci, venti metri oppure lungo cam-
minamenti di siepi dense e spesse, e quando le piante apri-
ranno le loro chiome iridescenti e si allungheranno in roveti
luminosi, sbarazzandosi di qualunque squallida imitazione
artificiale, quelle saranno le nostre uniche fonti di fluo, ca-
paci di azzerare la dipendenza letale dai combustibili fossili.
Torneremo indietro nel tempo lanciandoci verso il futuro...

Sto contemplando le mie creature come non mi è mai
successo prima per nessun naso, ciglio, o labbro, quando li
sento arrivare, annunciati dai jingle delle emoji: dubbio +
strano + incredulità + paura + radioattività + vomito + acido + invasione aliena!

Gli influencer della post-apocalisse, prima si scambiano
foto delle mie creature e poi le condividono, dandole in pasto a qualche algoritmo post-pandemico, un guardiano pa-
nottico igienico-sanitario connesso a un cloud globale. Non
sanno quello che fanno: i loro schermi sono gli occhi del Ba-
silisco, i loro microfoni le sue orecchie, le loro emoji la sua
lingua sintetica. Nella riduzione digitale della comunicazione emotiva, tutta la sofisticata grammatica della mia strategia
di liberazione si riduce a un concetto solo: pericolo!

E il pericolo diventa allarme, l'allarme emergenza, l'e-
mergenza reazione illogica e immediata. Arrivano i rinforzi,
più grossi e cattivi dei ragazzini. I fratelli manganelli non si
presentano neppure, partono a menare colpi sulle braccia,
sulle gambe, e sulla schiena. Stramazzo a terra, mi raggo-
mitolo, stavolta il fluo fa male, mosche pungenti di fluo,
esplosioni, flash e stelline a ripetizione, finché, gonfio e do-
lorante come qualsiasi cosa non conforme, fisso il verdore
guancia a terra. Sappiamo entrambi cosa significa essere
pestati e calpestati.

Affacciate alle finestre, persone senza volto né voce registrano video dell'assalto, scattano meme ricordo. Però tacciono, non si sbilanciano, non prendono le mie difese, né s'indignano, ma neppure scendono a rincarare la dose. Non so come interpretare l'indifferenza della massa. Le linee di separazione tra la complicità e paura, tra il favoreggiamento e il menefreghismo scompaiono, come intime curve di livello che variano da stomaco a stomaco.

Venti secondi dopo, i droni della sorveglianza di quartiere raggiungono la pozza di sangue e verdore dove giaccio inerme. Le notifiche dei piccoli vigliacchi si perdono in lontananza insieme alle eco sguaiate dei loro fratelli manganelli. Poi una voce microfonata mi intima di alzare le mani. Vorrei obbedire, ma riesco solo a stendere le braccia e allungarmi di più per terra.

La scansione arriva subito, come la sentenza: le bombe inesplose nelle tasche del giubbotto m'inchiodano in fragranza di reato: procurato allarme, danno ambientale, eco-terrorismo! Una catena di crimini mi si palesano davanti non appena l'operatore cala le parole dal drone come fosse una mannaia: "Non ti muovere, sei in arresto!"

Insieme alle parole, il drone deposita a terra una barella di biocontenimento che si apre come un origami.

"Adesso entra e sdraiati senza opporre resistenza."

Mi aspetta un bel trattamento: sterilizzazione contro gli agenti patogeni, scansione antivirale e isolamento antibatterico.

Dalle sbarre della mia cella, non faccio fatica a immaginare la scena.

Durante i primi tre mesi della mia detenzione, (un'IA mi ha dato da scontare un anno, più un'ammenda di 3000 euro come risarcimento per i danni ambientali), squadre di sminatori biologici e di bonificatori ecologici staranno estirpando qualsiasi presenza di verdore con la scusa della pubblica sicurezza e della possibile invasione di una specie aliena!

Nei mesi successivi, l'amministrazione comunale, spaventata da quell'entità misteriosa, avrà provveduto, prima a recintare ogni metro quadro contaminato con la segnaletica "area defluorizzata" e poi a cementificare ogni appezzamento di terreno, cambiando la destinazione d'uso per farne un parcheggio o un'area edificabile.

Non ho perso la speranza, ma è dura senza verdore, la mia via d'uscita da qui dentro, da là fuori, dalla realtà artificiale, dalla reclusione coatta. La prigione è dotata di distributori automatici, streaming on demand, e animatronici di compagnia utili a non smarrire del tutto l'umanità (anche se l'uso di un androide è paradossale come compromesso.)

Grossi fari scandagliano il cortile come farebbero su una pista da ballo e disegnano in terra sequenze arcobaleno, un po' per aiutare la memoria e un po' per allenare i muscoli dei detenuti (tutto sommato è utile, però in alto, nelle guardiole, non ci sono DJ, ma secondini con taser e pistole alla cintura.) In ogni caso ogni mercoledì, quando esco per l'ora d'aria (non sulla pista da ballo ma in un cortile dove ci viene dato un visore VR), mi accorgo di qualcosa di speciale. Nell'istante in cui mi sfilo il visore per riporlo nel contenitore mi cade l'occhio sulle scarpe di un secondino... e scopro che mercoledì è fluo! Fluo come i calzini viola-elettrico che indossa l'agente sotto i calzoni dell'uniforme. Magari mi sbaglio, magari è la mia solita fluoromania. Però è utile a non impazzire né a defluorare prima di uscire di qui.

Come passatempo, mi faccio consegnare dei pennarelli, ovviamente fluorescenti. E quando Agente Fluo entra nella mia cella, mi consegna quanto richiesto e prima di uscire mi sembra che mi strizzi l'occhio, ho un momento "Tyler Durden" di gloriosa fluorifania.

Allora m'immagino di non essere da solo.

Allora m'immagino che il verdore sia sopravvissuto al debellamento.

Allora m'immagino che stia aspettando il mio ritorno.

Da dodici mesi ho chiesto di non accendere le luci in cella. Una splendida, seppure pallida imitazione di verdore si è diffusa ovunque sulle pareti della mia reclusione, dove ogni centimetro di spazio è stato decorato con pennarelli fluo. Adesso è un luogo più vivibile e accogliente perché include le sfumature di colori che – benché naturali – sono spesso escluse se non addirittura bandite dagli agglomerati urbani perché ritenute strane e aliene all'idea umana, troppo umana, di natura (vedi i cianobatteri, le meduse, le ife fungine). Ho riempito di influorescenze le pareti, pavimento incluso. Ho disegnato batuffoli su batuffoli di fluora batterica lunghi svariati metri, e mandala micopoietici che decorano il soffitto sopra la mia testa. Quasi quasi mi spiace abbandonare questo capolavoro d'arte fluorista, anche perché – verdore a parte – non so cosa mi aspetti là fuori. Senza lavoro, senza casa (il contratto di affitto scade tra un mese), non ho un presente, e il mio futuro somiglia a una macchia di verdore sull'asfalto, alla mercé di forze sconosciute.

"Sei pronto?" dice Agente Fluo affacciato alla mia cella. Annuisco, sono pronto da quando sono entrato.

Lui apre la porta e mi accompagna all'uscita per restituirmi alla vita.

Superiamo il refettorio con i distributori automatici e la pista da ballo arcobaleno del cortile. All'ingresso, raccolgo le mie cose. Agente Fluo mi strizza ancora una volta l'occhio prima di uscire.

Faccio un passo fuori dal portone del carcere e vengo avvolto da una foschia arancione. Non mi aspettavo un comitato di accoglienza. Mi guardo intorno, non c'è anima viva. Resto estasiato da questa sorpresa e mi sembra sin troppo bello che un "parente" del verdore mi abbia organizzato una festa di bentornato... e infatti gli occhi mi hanno ingannato perché non c'è nulla di fluorescente di quest'anonima cortina di fumo. Il naso mi svela che si tratta dei soliti incendi di pattume, mucchi di palta incenerita e offerta dalla popolazione come sacrificio propiziatorio alla redenzione della combustione e alla benevolenza delle divinità dei Brand. Questo non è il mio ciclo ecolutivo.

M'incammino verso casa. Ci vorranno molte ore.

Le strade non sono cambiate. Sono ancora vittime delle ondate di calore che paiono increspare e sciogliere l'asfalto. Anche il mio quartiere è rimasto lo stesso, serrande abbassate, risciò automatici di cibo da strada, qualche ambulante stampa tutto, finché non vedo in lontananza gli edifici della mia strada, illuminati in maniera diversa da come me li ricordavo io.

A mano a mano che mi avvicino, dentro di me cresce e sboccia un senso di stupefatta meraviglia: i video e le foto del mio pestaggio, dopo essere finiti online, hanno avuto un effetto incredibile. Non tutti i miei vicini vivono all'interno della splendida menzogna virtuale per cui l'unico imperativo è il divertimento, ma hanno avuto il coraggio di accogliere il verdore nella loro vita. La gente ha assistito alla meraviglia del verdore e l'ha compresa. Alcuni devono aver raccolto i germogli per portarli a casa e piantarli nei vasi. E il verdore ha ricambiato l'ospitalità generando un incredibile effetto iridescente capace di illuminare gli ambienti, le stanze e i balconi.

All'interno di centinaia di appartamenti compaiono altrettante aurore boreali, le cui luminosità sono più o meno costanti, anche se a volte mutano e variano in base al riflesso del tipo di verdore.

Sguscio nell'ingresso del palazzo e salgo svelto le scale, due gradini per volta, per non rischiare di sorbirmi domande scomode quali: "Dove sei stato tutto questo tempo?", "Allora quando me lo rifai il naso?", "Sei stato in vacanza, eh?"

Davanti alla porta, c'è una raccomandata. Scarto la lettera e scopro che l'IA condominiale mi ha notificato la disdetta del contratto di affitto.

Entro, butto via nasi, labbra e orecchi e vado dove prima c'era il balcone.

Con i piedi a penzoloni nel vuoto, mi lascio trasportare dall'immaginazione: sogno una contaminazione globale aerea, una fluodemia portata da pollini, spore e batteri.

Poi, non appena cala il Sole, vedo i vicini del terzo piano innaffiare le piante. Alzano lo sguardo verso di me e accennano un grazie con il capo. Poco dopo, l'intensità del verdore aumenta fino a diffondersi ovunque da migliaia di finestre in tutto il quartiere. Resto abbacinato dalla mia fluorescenza che si fonde con i colori di un tramonto incandescente.

Illustrazione di Marzia Cardinale

*The old is dead, the new has not yet managed to see the
light of day...we need radical novums that resist the degrada-
tion and commodification of people and nature - Darko Suvin*

NANOSOMI

Ogni volta che Shi torna in Cina è come fare un balzo nel futuro. L'ultimo viaggio risale a quattro anni fa, si aspetta uno shock culturale.

Fuori dal finestrino dell'auto a guida autonoma svettano centinaia di giganti abitativi luccicanti al di sopra del sottobosco di bancarelle di cibo stampabile insieme al caos di gente che passeggia, cammina e corre sempre connessa. Tre metri sopra la folla si notano decine di droni di sorveglianza al seguito di bambini e anziani. Ogni tanto dalla strada s'innalzano colonne di vapore dai wok automatici che riflettono la luce bluastra dei display in mano a clienti in attesa delle ordinazioni.

"Una volta il cibo era solo cibo," pensa Shi, ricordando le parole di suo padre. "Poi si è trasformato in dati e adesso quei dati, sotto forma di algoritmi e nanotecnologia, sono inscindibili dal cibo."

Chongqing è una città che somiglia a una membrana urbana i cui tentacoli si estendono sopra decine di colline, una matassa ingarbugliata di strade e persone impossibili da districare, un groviglio affascinante dove l'inquinamento è sparito, niente più cappa arancione a bloccare i raggi di sole, adesso c'è una foschia umida e densa che sale e scende come un sipario giornaliero.

Il telefono vibra e Shi si connette al deck dell'auto.

"Papà! Sono appena atterrata a Jiangbei. Ti avrei chiamato dal bus... Come stai?"

L'ologramma mostra un anziano sdraiato a letto. Suo padre respira con una maschera d'ossigeno sul volto. Le sue condizioni si sono aggravate negli ultimi giorni.

"Ho visto giorni peggiori, non temere. Allora, ti è mancata la Cina? Non è come in Italia, eh?"

"Lo sai, le mie radici sono qui e lì."

Nei pressi della stazione dei bus, la densità di vendibot ambulanti e bancarelle lungo i marciapiedi aumenta; piccoli androidi buffi servono ciotole di spaghetti di riso fumanti in brodo e le innaffiano con olio rosso piccante, poi aggiungono carne di maiale macinata e guarniscono il tutto con sottaceti e arachidi. I clienti se ne stanno assiepati su sgabelli minuscoli oppure intorno a tavolini di plastica.

Suo padre socchiude gli occhi e qualcuno gli sistema il cuscino. Una ragazza fa capolino nell'ologramma: "Ciao Shi, il maestro Ming è molto affaticato. Ti voleva vedere subito, ma adesso è meglio se riposa."

"Va bene, Yun. Grazie di prenderti cura di lui. Io arriverò tra quattro ore."

Sulla facciate degli edifici scorrono immagini di reality e cartoni animati inframezzati da notiziari: le politiche di rivitalizzazione rurale tengono banco ovunque, uno stimolo costante a tornare nel proprio paese con cui si stanno mobilitando milioni di persone.

Investitori e avvocati illustrano gli incentivi e gli sgravi fiscali connessi al ritorno alla casa ancestrale, che spesso coincide con l'*hukou*, il luogo dove la famiglia d'origine è registrata. Da anni, l'urbanizzazione si combatte rendendo la campagna più attraente: i numeri sono esorbitanti e riguardano il 45% della popolazione cinese che ancora non si è trasferita in città, il che significa circa il 10% della popolazione mondiale.

Scesa dall'auto, nel piazzale della stazione, Shi mostra il display a un androide al tornello d'ingresso, supera la sala d'attesa e la biglietteria chiusa da anni, e sale sul bus per Kaili.

Per decine e decine di tunnel, l'uomo sul sedile davanti a lei parla solo di lavoro: la BITING BYTES deve recuperare l'olio esausto, buttato via dopo la frittura perché lì, nel drenaggio, c'è oro colato e se potesse tornare in circolo farebbe aumentare i profitti dei loro 1546 punti vendita.

Un inserviente robot fa avanti e indietro ogni 30 minuti lungo il corridoio con tè caldo e snack, esposti nel petto cavo. Parla troppo e si perde in descrizioni prolisse e noiose, che rendono il viaggio un incubo promozionale. L'uomo del drenaggio non la smette di raccontare le sue disavventure culinarie: ha provato di tutto, dal filtraggio alla combustione, dalla centrifuga alla separazione, dalle miscele fino agli additivi e adesso sta tentando con la nanotecnologia.

Sentendo quella parola, Shi appanna il vetro col fiato e disegna un cerchio, un'antenna in cima e due braccine che afferrano altre braccine di altri cerchietti. Poi, legati i capelli in una treccia, prova a dormire: sul punto di addormentarsi le tornano in mente gli schemi di suo padre e quelle formule incredibili che l'hanno portato a lavorare in Italia, dove lei è nata e cresciuta. Poi, alcuni anni fa, lui ha sentito il richiamo della sua terra ed è tornato al villaggio.

I cerchietti prendono a scorrere nel suo sogno, si uniscono tra loro, formano legami molecolari, e si aggregano dando vita a vere e proprie cellule – *nanosomi* come li chiamava Ming – quando cercava di spiegarle cosa stava facendo.

"Sono come gli insetti invisibili dentro ai tappeti?" Chiedeva la piccola Shi a suo padre.

"Vuoi dire gli acari della polvere? Sono un po' diversi, e non portano malattie. In realtà sono come i geni, come i cromosomi, però io li ho migliorati osservando la natura."

"Perché? I nostri geni non vanno bene?"

"Oh, loro vanno benissimo, solo che ci fanno fare cose poco intelligenti."

"Per esempio?"

"Per esempio, il modo in cui mangiamo."

LANGDEZHEN

3 ore e 500 km dopo, Shi si risveglia a Kaili, nel Guizhou. Quello che un tempo era un villaggio si è trasformato in un centro TAOBAO con strade affollate e agritettura diffusa. Grazie alle politiche di sviluppo rurale, le montagne sono state scavate, le colline terraformate e le pianure si sono innalzate per ospitare immensi data center e server-farm di aziende come TENCENT, JD.COM, PINDUODUO e HUAWEI. Edifici ricoperti di vegetazione sia fuori che dentro fungono da fattorie urbane e sembrano montagne sbucate dal nulla in seguito a un'incredibile tettonica di macro investimenti finanziari; lungo i fianchi delle montagne sbucciate come frutta, selve di grattacieli si connettono tramite corridoi aerei a centinaia di metri d'altezza. I collegamenti pensili sono percorsi da frotte di corrieri, droni, auto a guida autonoma, monopattini e un'infinità di micro veicoli stampati in 3D.

Appena Shi scende dal bus, recupera lo zaino dal bagagliaio e aspetta il risciò prenotato poco prima al cellulare per coprire l'ultimo tratto di strada. Dopo dieci secondi le si affianca un risciò affusolato il cui autista suona il jingle della RICKALISHOW.

"Ciao, che caldo oggi. Dove ti porto?"

Il tettuccio del mezzo in fibra di bambù, rivestito di vernice solare, è incandescente, ma il guidatore, un ragazzo atletico con una cresta da moicano arancione, accende l'aria condizionata.

"Langdezhen."

La periferia meridionale di Kaili è dominata dal data center APSARAS, una struttura ad alveare visitata da centinaia di droni che fanno la spola da e per le manifatture domestiche e i laboratori artigiani sparsi nei paraggi. All'ingresso, torreggiano le statue di due dee delle nuvole, dalle cui sedici mani avvampano lettere e ideogrammi che simboleggiano la filosofia aziendale.

NEL CODICE / LINEA DOPO LINEA / GETTIAMO LE FON-
DAMENTA / DELL'ETERNITÀ /
COME LA SABBIA / DI GRANELLO IN GRANELLO / CALMA
LA FURIA DEL MARE[23]

Nei fatti, l'agribusiness sta assumendo l'aspetto vero e proprio del Dragone, con i conglomerati aziendali come testa e una miriade di fab-lab e vege-center per zampe.

"Stai tornando a casa per la rivitalizzazione?" Chiede il guidatore notando l'aria sperduta di Shi.

"No, mio padre sta poco bene e sono venuta a trovarlo. Io vivo in Italia e qui è tutto cambiato dall'ultima volta."

"Eh sì, la Cina. Hanno convinto i contadini a fare gli imprenditori. I loro figli e nipoti stanno tornando in massa dall'estero. Con la blockchain e i pagamenti elettronici fanno affari in tutto il mondo, sfruttando big data e IA, stando a casa loro."

"Ma è per alleviare la povertà e ridistribuire ricchezza nelle aree meno sviluppate..."

"In teoria sì," fa lui scettico, "certo con i soldi che sono arrivati qualcuno si è messo in proprio, altri sono diventati artigiani digitali, ma la maggior parte continua ad allevare polli e maiali, solo in modo tecnologico."

---

23 Tradotto da "Blockchain Chicken Farm" by Xiaowei Wang, pag. 82, FSGO/LOGIC, 2020

In effetti, sopra i campi coltivati si possono vedere sciami di droni che sorvolano i terreni e allo stesso tempo seminano, irrigano, spruzzano, estirpano e sovrintendono alle mansioni che per millenni sono state svolte da schiere di contadini piegati in due, i quali adesso se ne stanno in poltrona a pilotare apparecchi a distanza, oppure – quelli che se la passano meglio – affittano qualcuno per farlo al posto loro.

Nel giro di mezz'ora lo scenario muta, la strada si restringe e diventa un budello d'asfalto che insegue il corso del fiume serpeggiante tra i monti. Le case si diradano, si abbassano, s'incuneano negli anfratti, e il cemento lascia il posto al legno e più spesso a materiale compositivo economico. In basso restano i negozi di prima necessità e gli spacci di nutraceutici, mentre al primo o al secondo piano svolazzano panni stesi ad asciugare, tovaglie colorate in stile batik, e biancheria stampata alla meno peggio. I tetti, invece, più innalzati e spioventi, riprendono la forma che Shi ricorda dall'infanzia.

Apre una galleria di foto, piccole istantanee di vita vissuta coi genitori: la bici elettrica in Cina e lo skate in Italia. Bacchette e forchette. Tè verde e caffè nero. Stampanti 3D, storia dell'arte, libri con testo a fronte cinese/italiano e conferenze sull'interpretariato.

In quel momento, la sua app di traduzione le segnala un'offerta: un imprenditore di Shanghai sta negoziando la fornitura di centinaia di bottiglie di Morellino di Scansano e ha bisogno di aiuto. Shi accetta e lancia l'assistente virtuale. Il suo lavoro consiste nel supervisionare la traduzione dell'IA che ha addestrato nel corso degli anni. Di solito lei non interviene mai.

Appena supera il ponte sul Langde, ricostruito come il precedente spazzato via da un'inondazione estiva, sa di essere arrivata. Saluta le scimmiette scolpite in cima alle colonne del ponte e guarda oltre la balaustra su cui sono stampate scene di vita rurale.

Le tegole nere del villaggio appaiono come in un sogno: una distesa di tetti simili alle squame di pesce balugina e si arrampica su per la collina tra terrazzamenti orlati da boschetti di bambù e banani; sullo sfondo, le montagne di Wuliu sono ammantate di nebbia e batuffoli di nuvole. Langdezhen è come se la ricorda: una perla nera incastonata nella vegetazione.

Il risciò si ferma sotto la stradina che porta a casa sua. Shi paga la corsa e non si ferma a scoprire quello che è cambiato. Suo padre la sta aspettando.

Mentre lei si affretta lungo la salita, il trolley la segue su quattro agili zampette. Fa un paio di svolte, supera una scuola elementare a due piani, sente alcuni bambini cantare e altri gridare, finché non vede la figura slanciata di Jie sulla porta, accanto a un orticello con piante di pepe. Indossa una veste con fantasie floreali, stretta in vita da una fascia marrone. Ha gli occhi limpidi e trasparenti, di un colore tra il verde e il giallo.

"Benarrivata, Shi! Quanto tempo, vieni, forza. Lui chiede ogni ora di te."

Via gli occhiali da sole, via il giacchetto, via le scarpe. Shi supera l'ingresso, entra nella stanza da letto e arriva al capezzale di Ming.

"Sei arrivata, che piacere vederti," dice lui commosso, senza trattenere le lacrime. Socchiude gli occhi in raccoglimento e lascia che quel momento non fugga via. Il loro è un lungo abbraccio di sollievo. Shi ha temuto di non riuscire a fare in tempo a rivederlo come era successo con sua madre pochi anni prima.

Accanto a Ming, in disparte, c'è la sua allieva Yun. Le fa un cenno di saluto mentre prepara un tè di benvenuto.

Shi è assalita da un vortice di emozioni: lei e suo padre non si vedono da quattro anni in questa abitazione che è la sua seconda casa, simbolo della sua seconda vita e cultura, che non ha mai considerato come di riserva.

Le finestre sono aperte e l'aria che entra sa di paglia di riso e cuoio non conciato, odori che non ha sentito da tanto, profumi che appartengono a una vita parallela.

"Come stai?"

Lui si toglie la maschera d'ossigeno e le prende le mani. "Ora sento molta più energia scorrere verso di me."

"Dico sul serio, papà."

"Anche io. L'uomo segue le leggi della terra, la terra quelle del Tao e il Tao quelle della natura," dice lui quasi recitando, "non bisogna stravolgere né forzare il corso delle cose."

"Detto da te suona un po' paradossale."

"Io ho solo dato una mano alla natura... anche le cose infinitamente piccole contano."

"E quelle cose ti stanno aiutando?"

"Hanno fatto molto. Vivo in simbiosi con i nanosomi da anni, ma non possono fare miracoli. Sono arrivato a 88 anni quasi senza malanni."

Shi si volta verso Yun come a chiedere conferma e sincerarsi che suo padre non le stia indorando la pillola.

"Posso fidarmi?" Chiede lei in tono scherzoso.

"Oh sì, non è la natura delle cose a spaventare il maestro, più che altro è quella degli uomini," risponde Yun, versando il tè nelle tazzine di porcellana.

"Che vuoi dire?"

In quel momento si sente del trambusto all'ingresso.

"Sì, sì, lo so, però è importante," dice una voce bassa e roca.

"Aspetti, aspetti, è arrivata sua figlia," risponde Jie.

Sulla soglia compare un uomo sui settant'anni vestito in modo elegante. Indossa occhiali per la realtà aumentata e si aiuta con un bastone da passeggio intarsiato, dotato di un display sul pomello. Nell'altra mano, tiene una classica 24 ore.

"Maestro! La trovo bene oggi. Che meraviglia! Shi è venuta a trovarla dall'Italia," dice l'uomo complimentandosi. Poi si presenta. "Sono Bo Guo, grande estimatore del maestro Cheng Ming dai tempi dell'università a Chongqing."

Suo padre socchiude gli occhi e stavolta pare augurarsi che quell'apparizione possa svanire non appena li riaprirà.

"Vengo per parlare d'affari," continua senza rendersi conto dell'imbarazzo che sta suscitando. Dalla valigetta tira fuori una scatola decorata con dentro una bottiglia di MOUTAI e la poggia sul tavolino da tè. Jie si allunga verso di lui, quasi a prenderlo per la manica. Yun sorseggia il tè senza offrirgli una tazza, né farlo accomodare.

"Resterò alcuni giorni nel Guizhou, sono venuto da Pechino. Se ha tempo, signorina, posso invitarla a vedere la nostra azienda? È vicino, a Leishan, pochi chilometri a sud."

Ming riapre gli occhi per sollevarli al cielo. "Ti ho già detto quello che penso della tua azienda. Adesso vorrei stare con mia figlia, se non ti spiace."

"Certo, chiedo scusa," fa Bo Guo facendo un passo indietro. "Ecco, le lascio il mio contatto nel caso passasse da Leishan," e mostra un codice QR sul cellulare. Sotto c'è il logo di un pollo cibernetico e la scritta.

BLOCKCH(AI)CKEN

Shi non sa che fare davanti a quel braccio sospeso, anche perché Bo Guo non si muove, aspetta impassibile, e così alla fine lei prende il cellulare e scansiona il codice.

Tutto contento, l'altro batte in ritirata come se avesse vinto la battaglia.

"Insopportabile. Sono quattro giorni che si presenta senza essere invitato," conclude Ming indispettito.

LA CANZONE DI WEI

La stanza di Jie è spoglia, gli unici mobili sono il vecchio armadio di legno di nonno Wei e un letto composto di resina di cellulosa, su cui è poggiata una stuoia di bambù. Alle pareti, in quadretti incorniciati, sono esposti i disegni di Jie: fenici e draghi volanti, vividi e colorati, mentre solcano il cielo sullo sfondo di monti innevati.

Appena Shi si sdraia sul letto, nota una miriade di puntini neri sul soffitto pronti a calare su di lei. La zanzariera di un tempo non c'è più, ma per fortuna Jie compare sulla soglia.

"Ah, non te l'ho detto perché a me non danno fastidio. Poi usare questo," dice lei schiacciando un interruttore accanto alla luce. Il lampadario, una specie di disco volante, comincia a muoversi sul soffitto risucchiando gli insetti a uno a uno.

"Ma tu dove riposi? Non volevo cacciarti... Possiamo stare anche in due."

"Figurati, questa era la stanza tua. Io mi metterò sulla poltrona, in sala da pranzo. Ho tante piccole cose da sbrigare."

"*Piccole cose*... vi piace questa espressione."

"È il maestro, o meglio, la sua filosofia."

Jie si congeda e Shi va ad aprire l'armadio per sistemare le sue "piccole cose": un paio di pantaloni, tre magliette, un giacchetto e la biancheria. Gli scaffali sono pieni di audio cassette impilate su quattro colonne e dentro i cassetti ci sono vecchissime bobine a nastri magnetici. Incuriosita, Shi legge le etichette scritte con una calligrafia che non riconosce, di certo è di suo padre.

QINGYAN, XIDI, BASHA, ZHAOXING, HUANGGUOSHU,
XIJING, FANJING

Ne prende una e torna nella stanza di Ming. Yun sta per andarsene, dopo aver lasciato una brocca d'acqua sul comodino. Ha affittato una stanza in fondo alla strada.

"Papà, l'armadio è pieno di cassette e bobine. Di chi sono?"

"Oh, allora le hai trovate," fa lui. "Volevo parlartene, siediti."

Lei si accomoda sul letto, mentre Yun saluta ed esce.

"Nonno Wei era un contadino, ma nel tempo libero suonava l'*huqin*."

"Lo so, me l'hai raccontato cento volte... come ha conosciuto nonna Hui alla festa di Capodanno, lui suonava, lei cantava."

"Sì, è vero, però non ti ho detto una cosa, poco prima di morire il nonno mi ha fatto promettere che avrei proseguito la sua raccolta."

"Che raccolta? Di cassette?"

"Beh, le cassette contengono canti tradizionali del Guizhou che stanno sparendo perché si tramandano oralmente di generazione in generazione. Nessuno li canta più da anni e quelli che si sentono alle feste o nei karaoke sono soltanto storpiature e brutte copie recitate per fare scena con i turisti. Sono rumori, senza storie. Invece i canti originali registrati nei villaggi contenevano veri e propri tesori, pozzi di conoscenza perduta, usi e costumi spazzati via dalla modernità."

"Però non si possono più ascoltare..."

Ming respira con affanno nella maschera. Le sue palpebre si fanno pesanti.

"Da piccolo il nonno mi portava a suonare con lui, per racimolare qualche soldo. Era un periodo durissimo, facevamo la fame. Lui trascriveva le canzoni e le infilava nelle canne di bambù. Poi sono entrato all'università di Chongqing e... quelle sono le cassette rimaste. Da qualche parte dovrebbe esserci un mangianastri o un registratore a bobine. Chiedi a Jie, lei conosce la posizione esatta di qualsiasi cosa in casa."

"D'accordo, sono curiosa di ascoltarle."

Ming si avvicina a sua figlia. "Shi, io non ho mantenuto la promessa."

C'è rammarico nei suoi occhi appannati.

"Che vuoi dire?"

"Dopo ingegneria, ho iniziato subito a lavorare. Qualche anno a nord e poi, insieme alla mamma, ci siamo trasferiti in Italia. Quando sono tornato non ho avuto più la forza di andare in giro con Jie a registrare altre canzoni."

"Non potevi mandare solo lei?"

"Sì, forse avrei potuto, ma sai com'è la gente... Jie ha un aspetto così umano e giovanile però le persone nei villaggi sono ancora diffidenti, nessuno si sarebbe aperto con lei. Le canzoni sono esperienze intime, private e spesso raccontano cose meravigliose ma anche terribili e sgradevoli."

"Vuoi che vada io con lei?"

Il volto di Ming si apre in un sorriso. "Sì, mi faresti davvero felice e il nonno ne sarebbe orgoglioso. C'era quella canzone... ricordi? Te la cantavo da piccola."

"Gli uccellini in gabbia?"

"Sì," dice lui, cercando nella memoria. Socchiude le palpebre, si concentra, raschia la gola, e intona un canto appena sussurrato.

Gli uccellini in gabbia planerebbero con ardore su colline bo-
scose,
I pesciolini nello stagno nuoterebbero in ruscelli che fluiscono,
I maialini nei recinti correrebbero sui prati verdeggianti...

Poi si ferma, corruga la fronte rugosa e si fa triste. "Non mi ricordo più... come prosegue?"

"Ora dormi, papà. Domani ci faremo aiutare da Jie."

FARMAGEDDON

Un gruppo di ragazzine sfrecciano su monopattini, skate e bici elettriche.

A destra, alcune vecchie botteghe sono state ammodernate con vetrine per la R/A: una farmacia, metà orientale e metà occidentale, reclamizza massaggi a 160 dita e trattamenti da 160 agopunture tramite un dispositivo a 16 bracci KUKA. Un artigiano digitale accetta formule 3D da comporre in tempo reale su quattro stampanti parallele. Poco oltre, la casa da tè FRAGRANZA ARMONICA offre esperienze sinestetiche prodotte dall'unione di miscele gustative, olfattive e musicali.

Di prima mattina, Shi e Jie sono uscite per fare la spesa. Yun è rimasta in giardino a prendersi cura dell'orto dove sta coltivando delle piantine di pepe del Sichuan.

"Quindi non c'è bisogno di vecchi apparecchi per ascoltare le canzoni?"

"No, le ho memorizzate io tutte quante anni fa, quando me l'ha chiesto il Maestro. Deve essersi dimenticato, è la vecchiaia."

"Vorrei ascoltarle dopo, se ti va."

"Certo, durante il tè del pomeriggio."

Passano davanti a un laghetto in cui sguazza un bue d'acqua in mezzo a un tappeto di fiori di loto. Shi si ferma a guardare i pesci; alcuni hanno una strana luminescenza.

"Sono Carpe-CRISPR," dice Jie, "ingegnerizzate per l'illuminazione notturna."

"Oh, poveri pesci."

Jie aggrotta le sopracciglia. "Sei sicura di voler venire al mercato?"

"Perché?"

"Non vorrei ti sentissi male."

"Ora sì che mi spaventi. È così orribile?"

All'ingresso del mercato campeggia un'installazione alta cinque metri: un olodramma contro la cattiva traspirazione. Alcuni personaggi mettono in scena varie situazioni: due amiche arricciano il naso all'arrivo di un conoscente "puzzone", una moglie caccia di casa il marito tirandogli dietro saponi e deodoranti, una ragazza con le ascelle sudate viene scartata a un colloquio di lavoro.

LA BROMIDOSI (O PUZZA DEGLI IMMORTALI)
È UNA MALATTIA SGRADEVOLE.
LA NOSTRA TERAPIA NANOTECH, EFFICACE AL 98%
RIMUOVE OGNI BATTERIO.
ASSICURATEVI UNA VITA PIACEVOLE
E UN FUTURO FELICE!
BASTA UN BAGNO DI NANITI PER DIRE
ADDIO ALLA PUZZA PER SEMPRE!

La gente mangia e chiacchiera per strada tra le bancarelle e lo fa in modo chiassoso, con ampi gesti, risate e senza pudore, come in Italia. Tuttavia, quel senso di familiarità scompare alla vista dei recinti elettrificati su cui sono montati dei maxi-schermi composti da una ventina di monitor. Ogni recinto è sorvegliato da un drone in volo geostazionario.

Le immagini mostrano la vita in diretta di polli, maiali, conigli e vitelli. Ogni animale ha un braccialetto legato alla zampa che ne traccia passi e movimenti, come i dispositivi da polso che stimolano a fare ginnastica mediante premi e livelli progressivi. Solo che questo strumento invia dati a una sala controllo remota per l'analisi igienico-sanitaria degli animali e ogni volta che la media dei passi giornalieri scende sotto un certo valore prestabilito, una scossa li costringe a muoversi, tanto che a guardare le bestiole senza interruzione per più di 5 minuti si notano fremiti e spasmi.

A un certo punto, sul monitor compare Bo Guo che discute con un contadino. Sentendo la sua voce, Shi si rende conto che la scena sta avvenendo lì dietro l'angolo.

"Beh? Se si sono abituati, aumenta la scarica. Questo mese rischi di non raggiungere gli obiettivi Feng! Invece di sorvegliare gli animali dovrei puntare i droni su di te!"

Feng abbassa gli occhi, tenendo in mano un braccialetto e nell'altra una zampa di pollo.

"E ti ho detto che non devi mai – e dico mai – rimuovere il braccialetto. I clienti vogliono leggere l'etichetta e risalire alla storia dell'animale. Che le facciamo a fare quelle pagine web con la data di nascita, il numero di passi, il cibo mangiato e le foto di ogni animale?"

"Era malato, si stava beccando la zampa."

"E allora chiama il servizio ritiri. Hai fatto il corso, no? In caso di malattia o incidente, arriva il personale BLOCKCH(AI)CKEN con tute, guanti, mascherine e risolve tutto."

Jie prende Shi sotto braccio e la porta via dal recinto.

"Il signor Feng ci portava i polli fino a sette anni fa."

"Me li ricordo," aggiunge lei, "scorrazzavano dietro al cortile della scuola. Da bambina ci giocavo spesso."

"Esatto, però quelli erano polli vegetariani. Ora sono riempiti di soia geneticamente modificata, grano, polveri proteiche e scarti pretrattati in modo da ingrassare in fretta. Spesso negli scarti ci finiscono altri animali e gli additivi proteici contengono derivati di originale animale. Fanno così per trasformarli in carne da macello nel minor tempo possibile. Vengono cannibalizzati, infettando e reinfettando la loro stessa specie, per cui non è così strano se poi ogni tanto ci scappa una pandemia. Può succedere ovunque, in ogni allevamento intensivo, dall'Olanda al Texas."

"E i droni?"

"I polli poverini non sono svegli, né coraggiosi, e se restano fuori dalle gabbie, di notte si spaventano, si radunano intorno alla luce e si ammassano col rischio di schiacciarsi l'un l'altro. A volte si sentono urlare tutti insieme. Una specie di orda di pollame da incubo. I droni pastore limitano gli assembramenti."

"Il signor Feng non fa più il contadino."

"No, le app di riconoscimento vocale e facciale, le immagini satellitari e gli algoritmi sono della BLOCKCH(AI)CKEN, lui è un operaio specializzato e cerca di evadere quanti più ordini possibili sulla piattaforma online. Ogni tanto viene dal maestro Ming per sfogarsi, l'anno scorso ha detto di aver ricevuto 6000 ordini per 8000 polli da 15 paesi diversi."

Shi si avvicina al recinto. Un pollo inclina la testa con uno scatto del collo. A lei sembra che chieda la grazia.

"Non sono animali, sono *animorfi*."

"Dai vieni via, frutta e verdura sono più avanti."

"Ma che voleva il signor Guo l'altro giorno? Di che affari parlava?"

"Ah, lui vorrebbe il pepe del maestro Ming che Yun sta coltivando nell'orto."

PICCOLE GRANDI COSE

Alcuni coniglietti zampettano sull'erba tra le sedie. Seduti a prendere il tè, Ming, Shi e Yun aspettano che Jie faccia il suo ingresso in giardino. La sua voce la precede, inizia con un tono alto e piatto, poi sale su, da tre a cinque ottave, intonando un canto in lingua Yi. Quei suoni si propagano lontano, oltre lo stagno, superando la collina di Langdezhen.

La tortorella e il pollo razzolano
Il pollo ha un padrone, la tortorella no,
se il padrone del pollo viene a riprenderselo
la tortorella rimane sola soletta.

Jie è così bella che acceca e la sua voce ammalia persino quando si tratta di polli e tortore. Ming si alza in piedi e applaude. "Bravissima, mi ero dimenticato che avessi memorizzato le canzoni! Che fortuna," poi s'incupisce, si affloscia e torna a sedersi. "E quanti ricordi."

"Papà," fa Shi cercando di risollevarlo, "domani Jie ed io andremo a cercare altre canzoni. Sei contento?"

"Oh sì, ve ne sono grato." Lui sorseggia il tè e pare appisolarsi. La presenza di Shi lo ha rinvigorito e ha chiesto di stare all'aperto per prendere un po' d'aria.

"Papà," prosegue lei facendogli una carezza sulla guancia. "L'altro giorno il signor Bo parlava di affari. Di che si tratta?"

"Oh," risponde Ming esitando. "Quella vecchia volpe mi perseguita da 40 anni. Insisteva allora e insiste adesso!"

"Perché? Che è successo?"

"Ricordi il nanoscopio?"

"Certo, dove mi facevi guardare gli esperimenti sui nanosomi."

"Dopo l'università, ho lavorato in un laboratorio indipendente e il nostro cliente più importante era un'azienda di nutraceutici. Bo Guo era il responsabile commerciale, avrà avuto 18 anni."

Il vecchio nanoscopio è ancora in casa, anche se non lo usa più nessuno. All'epoca servivano un monitor e un'interfaccia di puntamento per farlo funzionare, mentre adesso Yun indossa un paio di guanti con i sensori e un visore R/A per manipolare e programmare i nanosomi su un nanomat di ultima generazione.

"Ogni settimana si presentava al laboratorio e faceva pressione per accelerare la consegna dei nutraceutici. Diceva che il futuro non aspettava, che bisognava soddisfare i clienti, che dalla loro felicità dipendeva la nostra prosperità, tutte stupidaggini che insegnano ai corsi di economia."

Finito di bere, Yun prende un sacchetto e un innaffiatoio e va verso l'orto.

"Stava sempre a borbottare della sua visione e a cercare di convincere chiunque dei suoi progetti. Gesticolava, indicava questo e quello, faceva forme con le mani tipo scatole dentro altre scatole, curve in crescita, e oggetti che volavano per aria. Idee nuove – diceva come un invasato – l'innovazione fuori dagli schemi, la creatività del business."

Aperto il sacchetto, Yun versa del concime intorno al tronco delle piante di pepe e poi le innaffia con cura.

"Non la smetteva mai, ogni tanto veniva e chiedeva 'adesso chiudi gli occhi, pensa al futuro, poi aprili e dimmi cosa vedi?' Io li chiudevo e volevo che lui sparisse, invece era sempre lì davanti al mio futuro. Io avevo un altro scopo, in segreto coltivavo il sogno di creare nanosomi per comporre vitamine, proteine e carboidrati a partire da materie grezze, come tuberi, radici, fogliame e corteccia. Molecole semplici presenti ovunque in natura, nell'acqua e nell'aria, per non dover più dipendere da quel mostro che è diventata l'industria agroalimentare. Avevo visto un futuro, ma era diverso da quello di Bo."

Yun raccoglie alcune bacche di colore rosso, intenso e lucido; hanno tutte un'apertura laterale, dalla quale fuoriesce un semino.

"Così un giorno, per togliermelo di torno, lo invitai a guardare nel nanoscopio. Ero convinto che si calmasse, che la smettesse di assillarmi, invece, ha avuto una folgorazione e da allora vuole fare affari con me! Che errore imperdonabile. Negli anni Bo Guo ha fatto carriera, ha lavorato per ALIBABA, è stato tra i promotori dei villaggi TAOBAO, e adesso, nonostante sia in pensione, si è messo a lanciare startup con certi business-angel amici suoi di Pechino, tipo quella BLOCKCH(AI)KEN di ieri. Che vuoi che m'interessi? Io vorrei che l'umanità smettesse di mangiare tre volte al giorno e lo facesse una volta al mese. A questo servono i nanosomi, a rendere l'organismo più efficiente. E poi siamo già succubi del mercato, non c'è bisogno di creare altri fenomeni che aumentino le disuguaglianze alimentari. Perché è quello che succede quando il cibo viene trattato come qualunque altra merce, per fare soldi e specularci sopra. Il cibo andrebbe considerato un diritto fondamentale e se questo concetto sembra un'utopia, allora tanto vale rendere l'alimentazione obsoleta. Tanto vale togliere il cibo dai piatti, dai campi, dalle fattorie, dalle industrie, dai camion, dagli aerei, dalle navi, dalle discariche, e farlo sparire del tutto e vedere che succede."

Ming prende fiato. Non ha parlato tanto da mesi. È come se volesse sbrigarsi a raccontare tutto a Shi.

"È uno scenario complesso da prevedere," dice Jie in tono meditabondo. Le sue pupille si contraggono e assottigliano come quelle dei gatti mentre elabora quei concetti.

Invece Yun torna dall'orto tutta sorridente e poggia le bacche sul tavolino da tè.

"Pensa cosa darebbe il vecchio Guo per trasformare questi semini in milioni di server farm."

"Che cosa hai detto?" Sbotta Shi. Il tè le va di traverso.

"Sì, sono anni che si sperimentano metodi di conservazione dati nel DNA," continua Yun assaggiando una bacca. "Il maestro Ming ha preso un campione dei suoi nanosomi, li ha inseriti in alcune cellule staminali di coltura ed è riuscito a integrarli nel codice genetico delle piantine di pepe. Adesso sono programmabili al nanomat. Immagina interi campi di dati distribuiti, non più chiusi all'interno di un data center sotto terra, ma accessibili a tutti e alimentati dalla luce del Sole."

Shi non ha ricordi nitidi del tempo in cui suo padre – per inseguire il sogno dei nanosomi – è andato via dalla Cina, ma le immagini di quando lui assemblava molecole a ogni ora del giorno e della notte le riaffiorano alla memoria. Da piccola, era capace di assopirsi sul divano come un gattino acciambellato su un cuscino mentre lui spezzava e ricomponeva legami subatomici oppure, altre volte, si divertiva ad acchiappare le molecole che si rompevano e volavano via come nuvolette di vapore, e altre volte ancora provava a rimetterle insieme come fossero vecchi mattoncini LEGO: Ming era sempre stato un infallibile maestro della composizione nanotecnologica e gli intenditori di tutto il mondo gli spedivano spesso le loro bozze 3D in attesa che lui le analizzasse, correggesse e finalizzasse grazie alla sua pazienza e meticolosità eccezionali. Anche quando lei studiava all'Università di Siena per diventare interprete, se lo figurava come un artista della modellizzazione 3D, qualcosa a metà tra uno scultore che dà forma agli oggetti usando un'infinità di chicchi di riso e quei pittori che – sul lastrico delle strade – dipingono con l'acqua caratteri evanescenti che evaporano nel giro di poche ore.

"E Guo lo sa?" Chiede Shi preoccupata.

"Oh, no. Lui non ne sa nulla per fortuna," interviene Ming ridestandosi di colpo. "Crede che si tratti di pepe nutraceutico, una versione migliorata dei prodotti arricchiti con la nanotecnologia che facevamo al laboratorio. Non oso pensare in che cosa potrebbe trasformarsi se scoprisse le applicazioni delle bacche di pepe."

SINGING IN THE CLOUD

L'ingresso del locale CELESTE MELODIA è occupato da una fila di persone in attesa: gruppi di amici, coppie di innamorati e bambini mano nella mano ai genitori, fremono per ascoltare il cantastorie.

All'interno, i tavoli e i divani dell'area VIP sono disposti a formare un semicerchio di fronte al palco. Un perimetro di bibite e buffet caldo/freddo è a disposizione di tutti, basta scattare una foto a ciò che si desidera e l'importo viene scaricato in automatico.

Laser multicolore affettano l'aria, il fumo si spande dall'alto come foschia notturna. Una voce baritonale romba in sala. Con indosso una tunica a quattro maniche svasate e il volto dipinto come una maschera teatrale dell'opera del Sichuan, il cantastorie racconta un'antica leggenda popolare. In posa ieratica, s'accompagna percuotendo un tamburo con le dita che terminano in bacchette di legno.

Dentro un'immensa zucca usata come barca
Solo due persone si salvarono dall'acqua
Il prode Ajie e la splendida sorella
che lui, senza nessun altro al mondo, volle fare sua sposa
Ella s'oppose, perché non era cosa decorosa
e propose di far rotolare due pietre da due colline opposte
Se queste si fossero sovrapposte lui l'avrebbe avuta come
consorte

Shi si mette in punta di piedi per vederci meglio.

"Sicura che sia il posto giusto?" Urla nell'orecchio di Jie, accanto a lei.

"Sì, finita l'esibizione andranno tutti nelle sale karaoke ai piani di sopra. Se c'è un posto dove scovare cantanti, è questo."

Shi è scettica, quello spettacolo le sembra una goffa caricatura dei canti poetici che ha raccolto suo nonno.

Di nascosto il prode Ajie sistemò due pietre, una sopra l'altra
E quando le prime si persero nell'erba alta e selvaggia
Lui le mostrò le seconde e la portò con sé nell'ombra.
Ella si rifiutò ancora e suggerì stavolta di lanciare due coltelli
E se quelli fossero finiti nello stesso fodero allora si sarebbe
data in sposa.

Il pubblico mormora, la tensione cresce. Agitando i campanelli appesi alle caviglie, il cantastorie li fa tintinnare come a richiamare la loro attenzione. Poi sfodera i coltelli dalle altre due maniche e aumenta il tono di voce.

*Con astuzia Ajie nascose due lame in un sol fodero
e quando le raccolse da terra al termine della prova
prese sua sorella per continuare la Storia.*

Con uno scatto dei polsi, il cantastorie lancia i coltelli che finiscono in bersagli a forma di cuore. La gente esulta, applaude e inizia a defluire verso le scale laterali.

"Bugiardo! Sei solo un bugiardo!" Si sente urlare a un certo punto. "Non finisce così!"

Jie e Shi si voltano verso una ragazza piena di piercing e tatuaggi colorati.

"Perché non la racconti tutta, eh? Che cos'è? Hai paura di dire la verità?" Continua a inveire lei contro il cantastorie.

Un uomo del servizio d'ordine le si avvicina e le intima di uscire. Lei resiste, si divincola e si lamenta.

"Sei solo un coniglio e un fifone! Quella canzone ha un altro finale e lo sai bene, *contapalle*!"

Allora viene afferrata e trascinata fuori di peso fuori.

"Non vi fate fregare voialtri, non vi fate prendere in giro da quel coso!"

Shi prende Jie per un braccio e la tira dietro di sé. Le grida della ragazza scemano sotto i colpi del rullo di tamburi che conclude l'esibizione.

"Mia nonna conosce quella canzone."

La ragazza ha detto di chiamarsi Ting e di vivere a Leishan. Ha la pelle ambrata, il naso dritto, gli occhi sottili e i capelli legati in due ciuffi simili alle orecchie di un coniglio.

"Ti andrebbe di portarci da lei?"

"Perché?"

"Vorremmo sapere come va a finire la canzone."

"Mia nonna vive in montagna. A mezz'ora da qui."

"Nessun problema," risponde Jie, chiamando un'auto al cellulare.

Una boccaccia, l'occhiolino e Ting si dice d'accordo.

RISO-DRONE-PESCE-ANITRA

Abbarbicato sul crinale di una collina alle cui pendici campeggiano le insegne della BLOCKCH(AI)CKEN, il terreno della nonna di Ting è una striscia di risaie terrazzate.

L'auto le ha lasciate sul ciglio di una strada di campagna, da cui si prosegue a piedi.

"Ci siamo quasi," dice Ting incamminandosi su per un sentiero fangoso. "Mia nonna Shan è l'unica, da qui fino a Datong, a non essersi venduta la terra."

Intorno a loro, i belati e i muggiti degli animali nei recinti lasciano intendere che gli allevamenti intensivi hanno sostituito quasi dovunque le coltivazioni tradizionali.

"Usa ancora il sistema riso-pesce-anatra?" Chiede Jie illuminando con gli occhi il sentiero in ombra.

"Sì, però è invecchiata e da sola non ce la fa più. Le risaie sono piccole e strette, è impossibile arrivarci con qualsiasi macchina. Un paio d'anni fa le ho comprato tre droni al mercato di Haqianbei. Mi sono fatta spedire i pezzi da Shenzhen e li ho messi insieme con degli amici. Adesso mia nonna usa un sistema ibrido riso-drone-pesce-anatra," risponde Ting con un certo orgoglio.

La salita è ripida e, attraversando le risaie allagate, Shi nota che i pesci nell'acqua mangiano gli insetti e fungono da repellente naturale, mentre le anatre che scorrazzano forniscono il fertilizzante e tengono a bada le lumachine più voraci.

"Rispetto ai vicini tecnologici, a nonna non serve nulla, pesticidi, chimicaglia, additivi e antiparassitari, lei fa come si è sempre fatto. Quelli della BLOCKCH(AI)CKEN credono che gli agricoltori producono solo cibo per la gente di città. Per loro, nutrire le persone è come sfamare i maiali. Se ne fregano delle pratiche dei piccoli agricoltori. Per millenni sono stati i contadini a proteggere e a mantenere la terra, invece di *ottimizzare la produzione agricola.*"

Poi fa un gestaccio verso il recinto che si snoda parallelo al sentiero. Gli tira un calcio poderoso, allertando un drone da ricognizione. Il suo bip, bip, bip giallognolo la manda in bestia ancora di più.

"Ecco l'ottimizzazione! Capitalismo della sorveglianza delle mie ovaie! Come quel contaballe alla CELESTE MELO-DIA! Sono solo una manica di algoritmi scritti male e gestiti peggio."

Cento metri più in alto, tra una magnolia giallo oro e un'altra bianco luna, la sagoma di una vecchietta ingobbita li saluta con la mano. Sopra di lei, volteggia un drone che accende le lucine colorate, apre e chiude le manine metalliche e va loro incontro planando dall'alto come fosse un cagnolino festante.

"Nonna! L'acqua è calda? Ho portato delle amiche che vogliono sentirti cantare!" Strilla Ting correndo ad abbracciarla.

Il drone gira intorno a entrambe e tutto quel trambusto richiama altri due apparecchi mezzi rattoppati che fluttuano dai campi con ancora sacchetti di frutta e sementi appesi in mano.

Jie si ferma, allunga il collo da cigno e accoglie in sé la bellezza di quel paesaggio rurale lambito dalla bruma. Shi fa lo stesso allargando le narici per inspirare tutto quanto fino in fondo.

Nei recipienti sugli scaffali ci sono i pesci delle risaie conservati sotto vino. Alcuni strumenti agricoli pendono dalle travi del soffitto e sono appesi alle pareti come reperti di un'epoca remota, resi inutili dalle mani multiuso dei droni.

"Che è successo a Zhao?" Chiede Ting assestando un colpo a mano aperta sulla schiena di un umandroide seduto in una posa innaturale davanti a un telaio.

"Non lo so, s'è inceppato. Ha pure smesso di parlare. Da ieri è bloccato e non dà segni di vita. Dovresti chiamare uno dei tuoi amici per ripararlo. Tra una settimana devo consegnare l'abito per il festival di Huashang."

Il vestito è poggiato sul tavolo: il tessuto – un materiale liscio, nitido e lucido – è composto da un solo filo da 1 millimetro di spessore, con incredibili decorazioni che rappresentano draghi, oche, leoni e cani in mezzo a tanti fiori e alberi da frutto. I confini tra le specie animali e floreali sono spesso sfumati, a volte ci sono animali con teste umane o combinazioni di esseri immaginari inter-specie. Quei disegni sono come antichi volumi di storia ambulanti, raccolte di miti e leggende millenarie, passate dalle narrazioni orali degli antenati attraverso centinaia di generazioni di motivo in motivo, e illustrano i vari modi in cui i Miao guardano alla realtà e all'energia infusa nell'anima di ogni cosa.

"Non è tanto semplice, nonna. Zhao era il miglior ricamatore di Haqianbei. Per finire di pagarlo sto facendo ancora lavoretti in giro."

Shan raccoglie alcuni fogli sparsi per terra. Dalle pagine sciolte fuoriescono fili sottilissimi di colore diverso.

"Beh," fa la nonna caustica, "non riesce neppure a tessere il *poxian*. Avresti imparato prima tu di lui."

A quanto pare ciò che la vecchia Shan ha appreso in vita sua sta finendo in eredità direttamente a Zhao senza passare per Ting.

"Ancora? Ma tu mi ci vedi a infilare aghi di bambù per tutta la vita?! Dai nonna, le mie amiche non sono venute per verci litigare, vogliono sapere come va a finire la storia di Ajie e sua sorella."

"D'accordo, allora prepara il tè," risponde Shan, scacciandola con la mano. Mentre lei prende l'*huqin*, Ting versa il tè e porta un piatto di *baba*, un dolce di riso glutinoso.

Shan inizia a suonare e a cantare.

... Dopo nove mesi, Ajie e sua sorella ebbero un figlio,
oh povero bimbo
essere deforme, senza gambe e con due monconi per braccia.
La madre era disperata e Ajie, accecato di rabbia
uccise il bambino e lo fece a pezzi per la vergogna
Poi gettò i pezzi lontano dalla collina
ma al suo risveglio la mattina,
trovò che quelle parti si erano trasformate
in tanti uomini e donne.
E fu così che la terra venne ripopolata.

Il canto scema in una nota tremula e Jie si alza in piedi per applaudire e ringraziare Shan. Poi sbatte gli occhi due volte, a segnalare di aver memorizzato l'audio, e sentenzia: "Questa versione conservata sul cloud verrà trasmessa a chiunque vorrà ascoltarla. Non correrà mai più il rischio di essere dimenticata."

Sentendo un ronzio, Shi si accorge che i droni si sono appostati fuori dalla finestra per ascoltare il canto della vecchia Shan. Ondeggiano a destra e a sinistra, come una ferraglia sin troppo emotiva, ed esprimono così il loro apprezzamento.

"Mio nonno andava in giro per i villaggi a raccogliere canti popolari," aggiunge lei, "lo stesso ha fatto mio padre fino a quando è andato in Italia, e adesso noi proseguiamo la tradizione."

"Allora tuo nonno doveva essere Chen Wei. E tu sei la figlia del maestro Ming."

"Sì, li conosce?"

"Oh ma certo, abbiamo fatto tante feste insieme. Io ero amica di tua madre, abbiamo cucito parecchi abiti quando ancora viveva al villaggio." Poi si blocca, e si scusa coprendosi la bocca con la mano.

"Non fa niente. È successo anni fa," la rassicura Shi.

Shan si alza, come se si fosse ricordata all'improvviso di qualcosa. "L'avevo messo qui," prosegue aprendo i cassetti della madia. "Ecco... Che coincidenza, questo l'ha fatto lei. Ci ha messo due anni. Avrà avuto poco meno della tua età adesso."

Shan mostra un abito da cerimonia in cotone finemente ricamato. Motivi geometrici floreali scendono lungo le maniche e arrivano fino ai polsini. Il colletto è un ricamo di triangoli e svastiche mentre sulla schiena è riprodotta la Farfalla Madre, simbolo ancestrale di vita e di trasformazione per i Miao, mentre sorvola una schiuma ondulata di onde stilizzate.

"Vorrei che lo portassi al maestro Ming. Un dono dal passato, da parte di sua moglie e tua madre."

SHANZHAI

Shi entra in casa di slancio, tenendo l'abito in mano.

"Papà, guarda! Ho un regalo per te da parte di..."

Invece, varcata la soglia della camera da letto, resta scioccata. Suo padre tiene puntato il bastone da passeggio contro il petto del Signor Feng mentre lui – occhi bassi e testa incassata nelle spalle – sta chiedendo scusa producendosi in una serie di inchini.

"Che succede?"

Shi è sconcertata, si volta verso Jie sulla soglia cercando una spiegazione che le sfugge.

"Yun ha sorpreso il nostro vecchio amico Feng a rubare in giardino," dice Ming. "Aveva le tasche piene di bacche di pepe."

"Le chiedo scusa, Maestro, non l'ho fatto per me. La carne della BLOCKCH(AI)CKEN è così insipida senza spezie. Ho sentito dire in giro che il vostro pepe è il migliore del Sichuan."

"E da chi avresti sentito queste dicerie?" Interviene Yun.

Shi si calma e poggia l'abito in fondo al letto, le cose non stanno come sembrano.

"Dal Signor Bo Guo, è stato lui a chiedermi di venire a prendere di nascosto dei campioni di pepe per coltivarlo."

"Ah sì?" fa il Maestro strofinandosi la barba, "Quindi Bo Guo avrebbe pensato di mandare te a rubare qui perché sapeva che non gli avremmo mai dato le nostre bacche, è così?"

"Credo di sì. Lo sa, Maestro... Io non sarei mai venuto a rubare in casa vostra," risponde Feng prostrandosi ancora di più. "Ma è difficile tirare avanti di questi tempi, gli ordini crescono sempre mentre i margini di profitto sulla carne sono sempre più bassi."

"Hai ragione, ti credo. Tu non c'entri nulla."

"Io smetterei proprio di allevare quei poveri animali. Non li posso più vedere soffrire in quel modo, ma che cosa ci posso fare?"

Yun lancia un'occhiata complice al Maestro, il quale, di rimando, sospira e tira via il bastone dal petto di Feng.

"*Shanzhai*," afferma lui in tono solenne. "Ricordi il concetto di copia e imitazione dei prodotti tecnologici occidentali per cui ci hanno criticato e preso in giro per anni? Quel termine si riferiva ai "fuorilegge" che lottavano dai villaggi di montagna per l'autonomia, l'indipendenza e una forma di sopravvivenza. In occidente non hanno capito il senso più profondo del termine, perché shanzhai vuol dire conoscenza collettiva incrementale, cooptazione delle risorse necessarie, condivisione alla massima velocità, riutilizzo di ciò che funziona e riciclo di ciò che si può ancora sfruttare, il tutto in modo decentralizzato per il miliardo di persone che stanno in fondo alla piramide tecnologica. E poi sì, è anche un'alternativa all'idea occidentale di proprietà intellettuale e di protezione ossessiva del copyright."

Il Maestro tossisce e con quel discorso pare volersi togliere molti altri sassolini dalle scarpe: "L'occidente ha smesso di innovare," prosegue facendo saltellare alcune bacche nel palmo della mano, "ormai si preoccupa soprattutto di rallentare il proprio sviluppo tecnologico e di impedire quello altrui pur di mantenere un vantaggio competitivo con cui godersi il benessere conquistato a spese del resto del mondo. Per favore, Yun, fagli vedere cosa intendiamo..."

Lei indossa il visore e accende l'olografo. Lo schema compositivo di un nanita fluttua nell'aria. Dopo un attimo, inizia a manipolare la visuale e dice: "Il Maestro ha ragione. Oggi al mercato di Huaqiangbei, dove è nato lo shanzhai moderno, puoi compare organi stampati in 3D, microfoni satellitari con casse incorporate e playlist da 100TB, e cellulari modulari a ricarica solare. La proprietà intellettuale non è un valore intrinseco, proprio come la titolarità e la proprietà privata. È una vecchia idea dell'Inghilterra dell'800 e appartiene a una visione del mondo oscurantista in cui la concorrenza era considerata più importante della cooperazione. E poi uno come fa a innovare se non si può permettere gli strumenti necessari per farlo?"

Zoomando la visuale, Yun mostra varie componenti di quella minuscola meraviglia multiuso, simile a una cellula staminale in grado di differenziarsi in altre più specifiche. Due propulsori e un giroscopio consentono al nanita di spostarsi, un sistema di calibratura con un manipolatore gli permette di afferrare particelle subatomiche e un sensore a membrana cellulare gli dà modo di riconoscere la natura del mondo intorno a sé.

"Come un'opera d'arte collettiva, realizzata con lo sforzo di tanti artisti, i motori di creazione sono frutto del lavoro dei migliori naniscalchi al mondo," dice Ming. "Io li ho solo aiutati a mettere insieme i pezzi, dentro di me. Se l'occidente ha usato le armi dell'invasione militare, della colonizzazione culturale, dell'imperialismo economico e della globalizzazione tecnologica a senso unico, perché noi non possiamo difenderci con l'astuzia?"

Roteando pian piano, il nanita svela altre parti di sé: un'antenna wireless, un sensore di lunghezza d'onda, circuiti logici organizzati, un anti-recettore di cellule T e un sistema di distruzione di emergenza.

Di colpo, Yun apre tutte e dieci le dita e il nanita si moltiplica all'istante con un effetto sbalorditivo, poi lo rimpicciolisce lasciando galleggiare in aria una polvere finissima di particelle luminose. Feng osserva quei movimenti, ipnotizzato e a bocca aperta.

"Se ho il diritto di usare qualcosa," aggiunge Yun, "ho anche il diritto di modificarla, cambiarla, riusarla, rigenerarla e persino rivendicarla. Nel mondo che verrà, lo shanzhai applicato ai nanosomi potrebbe affrancare l'umanità da alcuni bisogni biologici e trasformarsi in uno strumento prezioso per decolonizzare la tecnologia e quindi il futuro."

Il Maestro Ming solleva di nuovo il bastone, ma stavolta indica Feng con un sorriso benevolo.

"Sei venuto a cercare il pepe del Sichuan ma hai trovato molto di più, una trasformazione radicale per i pochi che sono pronti ad abbracciarla... Dimmi caro Feng, tu sei pronto?"

"Ecco... io, sì. Qualunque cosa pur di andarmene da quei recinti di morte."

"Tornerai ai tuoi polli di un volta e alle galline che ci davano tante uova fresche."

"Come ai vecchi tempi, Maestro?"

"Come ai vecchi tempi, ma senza più il bisogno di mangiarli."

A sorpresa Jie si mette a cantare. La sua voce fa vibrare l'olografia di Yun, come se le due realtà potessero comunicare tra loro, interagire e fondersi l'una nell'altra.

Gli uccellini in gabbia planerebbero con ardore
su colline boscose,
I pesciolini nello stagno nuoterebbero in ruscelli che fluiscono,
I maialini nei recinti correrebbero sui prati verdeggianti...
Quindi io rivendico l'aria, l'acqua e la terra
dei campi meridionali
Per restituire i raccolti dei terreni ai loro abitanti.

"Sì! Ecco come finiva la canzone che ti cantavo da piccola!" dice Ming rivolto a Shi e battendo le mani a Jie. "Quel canto mi ha dato l'ispirazione per infondere nei nanosomi il soffio vitale che pervade ogni cosa, dalle particelle subatomiche ai buchi neri. Non importa come o quanto ci metteremo, un pasto alla volta, potremmo salvare la gente, gli animali e la terra intera. Oggi tocca a Feng."

Shi prende l'abito cerimoniale poggiato sul letto e lo porge a suo padre.

"La mamma ne sarebbe contenta. Questo è da parte di Shan del villaggio di Leishan."

Ming sfiora il tessuto, annusa il cotone e accarezza le decorazioni come se stesse comunicando con sua moglie. Gli occhi s'inumidiscono, il labbro si fa molle. Nello stesso istante, Shi afferra la sua mano, ruvida e saggia.

"Per favore, canta ancora, Jie," chiede Shi all'amica.

Forse lo scopo dell'esistenza non sta nella ricerca di un significato, ma nella possibilità di reinventare se stessi all'infinito.

Illustrazione di Mariateresa Marigliano

"Eccola! Laggiù! Terra!" gridò Billai sporgendosi dal barcone.

Tutti guardammo la direzione indicata dal suo braccio. Le onde che ci avevano sballottato per oltre cento ore non ci fecero sobbalzare quanto quelle parole.

Non sentivamo più le gambe, né potevamo muovere un muscolo. Incastrati l'uno sull'altro, eravamo intontiti dalla fame e dalla sete. Muna, seduta accanto a me, strinse il suo bimbo più forte. I tre ragazzi di fronte si scambiarono un sorriso speranzoso. Invece, Haziz – arrivato a Bengasi dopo aver attraversato il deserto da Bamako – agitò la mano.

"Non può essere l'Italia. Siamo ancora lontani."

Ci guardammo inquieti. Qualcuno aveva perso i sensi; per farlo rinvenire dovevamo schiaffeggiarlo. Più che in una barca, navigavamo in una bara.

"Ha ragione," confermò il professor Kysmayo, ex speaker radiofonico a Nairobi. "Il profilo è troppo regolare. Non è la costa..."

Nessuno aggiunse niente, perché nessuno osava pronunciare il nome che da settimane circolava sulle sponde meridionali del Mediterraneo.

Una linea scura e continua occupava l'orizzonte che da Otranto, in Italia, arrivava a Orikum, in Albania. Lisce e inespugnabili, le paratie del Blocco Navale s'innalzavano per trenta metri sulle onde del mare; facili da comporre, grazie a navi portacontainer cariche di carbonio, ma impossibili da scalare o sfondare con qualunque mezzo, rappresentavano una soluzione tampone (sebbene c'era chi le aveva definite il "deterrente definitivo") all'immigrazione via mare verso l'Europa.

"Hanno detto che questa parte era libera!" Gridò Billai.

"Hanno mentito," rispose Haziz, quasi in un sussurro.

"Forse no... Ho sentito che le barriere sono stampabili in una notte. Le stesse paratie potrebbero essere tra Pantelleria, Lampedusa e Malta... Per costringere le imbarcazioni a tornare indietro o a compiere giri più lunghi e costosi," disse il professor Kysmayo.

Billai si mise le mani nei capelli. Ogni frontiera la deprimeva e l'approssimarsi di un muro, innalzato al solo scopo di separare le acque internazionali da quelle nazionali, la scoraggiava ancora di più. Con i risparmi di una vita, aveva superato insieme a me le frontiere di Kenya, Sudan e Libia, prima di compiere la traversata da Bengasi.

"Perché non ce l'hanno detto?" disse Muna.

Nessuno se la sentiva di rispondere a una domanda così ingenua.

"Vogliono incanalare le imbarcazioni verso check point navigabili," proseguì il professore. "Poi arrivano quelli..." concluse indicando un punto nel cielo.

Alcuni punti neri, che da lontano sembravano gabbiani, in realtà si rivelarono droni di sorveglianza attivati dal movimento del barcone intercettato da un satellite. Avevo sentito parlare anche di loro e di quelli usati in montagna per blindare i confini terrestri dell'Europa. Entro breve, volteggiarono sopra di noi come avvoltoi.

Con aria solenne, come se stesse per dichiarare guerra al mondo, Billai si alzò in piedi. Ondeggiando, si aggrappò alle mie spalle per non cadere e disse: "Tutti abbiamo vissuto cose che vorremmo non aver vissuto o che sarebbe meglio dimenticare. Io indietro non ci torno. Quei droni informeranno qualcuno. Ci verranno a raccogliere, Medici Senza Frontiere, le ONG, la Guardia Costiera..."

Quattro ore dopo, fummo raccolti in centotrentadue.

Avevo 17 anni e la mia vita stava in uno zaino: una saponetta, uno smartphone con carica-batterie, un diario, una maglietta di riserva (la numero 10 di Ike Kamau) e la foto di mia madre e mio fratello. Loro mi dicevano sempre che avevo la testa stretta, il mento appuntito e gli occhi rapidi e neri come il catrame. Come quelli di mio padre.

Avevo 17 anni e la mia vita era trascorsa in un campo profughi: da quando eravamo arrivati a Dadaab da Nairobi non avevo visto altro che tende, polvere, recinti e cancelli.

Nuvole sottili scivolavano sul mare; quella sera sarebbero comparse le stelle e la luna avrebbe illuminato tutti noi se non fosse apparsa un'altra sagoma a deviare il corso dei nostri sguardi e delle nostre vite.

"Quella è... una portaerei?" chiese Billai.

Una struttura immensa si stagliava sulle acque scure.

"Non lo so," risposi mentre lei si stringeva a me. Lo sciabordio dell'acqua aveva fiaccato la sua tempra combattiva.

Qualcuno scattava foto, ma in alto mare non c'era segnale abbastanza forte da trasformare l'ansia in speranza. Poteva essere una nave militare incaricata di riportarci sul lato oscuro del Mediterraneo, invece l'uomo che si avvicinò su una scialuppa insieme a quattro marinai ci raccontò una storia diversa.

"Salve," esordì in inglese. Aveva i capelli biondicci legati in una coda, il naso e le labbra pronunciate e un sorriso sincero anche se tirato. "Mi chiamo Sergio Torriani e quella è una Nave Verde," aggiunse indicando dietro di sé. "Raccogliamo chiunque abbia bisogno di aiuto."

I marinai ci tirarono delle bottiglie d'acqua.

Haziz mi afferrò per la manica e mi pregò di tradurre. Ero uno dei pochi sul barcone, insieme al professor Kysmayo, a sapere un po' d'inglese oltre allo Swahili. Da piccolo ascoltavo la sua trasmissione "Indie Reggae, Beats & Rock" su Radio Kenyamoja.com e sapevo a memoria centinaia di canzoni.

"Noi non vogliamo salire a bordo. Vogliamo l'Europa," dissi secco mostrando a Sergio da chi provenissero le parole originali.

Lui non rispose subito, invece ci tirò la cima di una fune che Billai raccolse al volo.

"L'Europa non vi vuole," proseguì amaro, "e non gli interessa se scappate dalla fame o dalla guerra, se vivete nei campi profughi o se i vostri figli e nipoti nasceranno e cresceranno in quelle prigioni. Da dove venite?"

Sentii nomi di campi che conoscevo come Dadaab, Nyarugusu, Bokolmanyo e altri che ignoravo come Urfa, Zaatri e Adiharush.

"Comunque quella non è una nave da trasporto," disse Sergio.

"Allora ci riporterete indietro oppure ci manderete in un centro per l'identificazione e l'espulsione," tradussi per Muna, che teneva sollevato il fagotto con dentro suo figlio.

"Nessuna espulsione, la Nave Verde è un progetto umanitario di salvataggio dei rifugiati politici e migranti climatici."

"Se non ci riportate indietro e non andate in Europa, dove state andando?" chiese il professor Kysmayo. Era l'unico a ragionare con la testa invece che con il cuore.

Sergio e gli altri marinai stavano già tirando la corda per agevolare il trasbordo sulla loro scialuppa.

"Salite e lo scoprirete."

Quando fummo a bordo, Sergio chiese: "Nessun altro?"

Ci guardammo senza avere il coraggio di rispondere. Poi il professor Kysmayo disse: "Nella stiva c'erano due cadaveri.

Sono morti due giorni fa. Hanno iniziato a puzzare. Li abbiamo dovuti lasciare al mare... per alleggerire il carico.”

“I nomi?”

Tacemmo. Sergio aggiunse due X alla lista dei centotrentadue.

Dal parapetto, osservavo le scie delle imbarcazioni in transito nel Mar Egeo: un traghetto greco, due cargo container, una nave da crociera. Chissà quanti migranti erano nascosti come merce dentro le stive...

Gli altri stavano ancora dormendo in mezzo agli alberi, e non da soli: centinaia di sconosciuti erano accampati dentro sacchi a pelo e tende da campeggio, e sotto, altre migliaia di persone erano stipate nelle cuccette. La sera prima non avevo visto niente perché mi ero subito steso a riposare ma ora, alla luce del mattino, le cose apparivano più chiare.

“Jambo[24],” disse Sergio in Swahili porgendomi una tazza di caffè.

“Jambo e grazie di averci raccolto,” risposi bevendo un sorso.

“Hai dormito? Non è facile dopo il barcone.”

Doveva avere esperienza di migranti per parlare così.

“Poco e male.”

“Dopo facciamo una partita a pallone con l’equipaggio. Ti va di giocare?”

Accennai un sì e mi convinsi a raccontargli le “nostre” partite a Nairobi.

“Due cose erano importanti per me: sopravvivere e giocare a pallone... poi è diventata una sola quando gli uomini di al-Shabaab sono arrivati sullo spiazzo dove io e mio fratello Noor giocavamo. Ci hanno sgridato perché portavamo i calzoncini corti e usavamo il pallone. Il calcio era un passa-

---

24 Buongiorno.

tempo decadente per loro... come alcolici, sigarette e film. Però io e Noor ci giocavamo lo stesso, di nascosto, anche se le partite finivano quando cadevano le bombe."

Dallo zaino tirai fuori la maglietta di Ike Kamau.

"Qui puoi giocare senza che nessuno ti dica niente."

Gli ridiedi la tazza di caffè vuota. "Questa nave è davvero strana."

Adesso toccava a lui dirmi qualcosa.

"Per il diritto internazionale non è una nave, è una micro-nazione. Prima era un progetto di bio-conservazione finanziato dalle Nazioni Unite, un po' come il deposito dei semi alle isole Svalbaard in Norvegia, mai sentito?"

Scossi la testa.

"Poi è stata convertita per gestire la crisi dei migranti nel Mediterraneo."

Tre colline, in mezzo alle quali scorreva un corso d'acqua, riproducevano altrettanti microclimi: temperato, desertico e mediterraneo. Il mio sguardo andò verso l'habitat mediterraneo dove si affrettavano decine di droni, simili a uccellini svolazzanti che innaffiavano foglie, tagliavano rami, controllavano fiori e raccoglievano pollini, mentre alcuni giardinieri sovrintendevano alle operazioni di manutenzione del verde. Poi, in mezzo a un boschetto di eucalipti, vidi una sequoia impressionante, le cui fronde facevano ombra a mezza Nave.

"Gli habitat," continuò Sergio "sono protetti da calotte geodetiche alte centocinquanta metri. L'acqua dolce proviene da un desalinatore alimentato a energia solare."

Nel frattempo, Billai si era svegliata e ci aveva raggiunto.

"Come avete fatto a creare... tutto questo?" chiese lei come se si fosse risvegliata dentro un sogno. Mentre traducevo, Sergio ci fece strada lungo un sentiero.

Il professor Kysmayo si accorse di noi e si accodò. Il suo passato da giornalista radiofonico ebbe la meglio sulla stanchezza. Quando non era in onda con "Indie Reggae, Beats and Rock", curava una rubrica di tecnologia.

"Abbiamo comprato una portaerei dismessa e l'abbiamo modificata tramite un progetto di crowdfunding. Lo scafo apparteneva alla *Variago*, una portaerei di classe Admiral Kutnetzov varata nel 1988 in Russia. Nel 2004 è stata ribattezzata *Liaoning* e venduta alla Cina per diventare un parco galleggiante in stile Disneyland, ma per fortuna non è successo. L'abbiamo comprata a un prezzo simbolico per farne un giardino botanico. Il nostro è un progetto scientifico approvato dalle Nazioni Unite, anche se adesso siamo più un trasporto pubblico per migranti," disse Sergio ridendo.

La nave batteva una sua bandiera: una sequoia stilizzata di colore verde sopra uno scafo su sfondo bianco.

"Possiamo ospitare settemila persone. Coltiviamo ortaggi e alleviamo bestiame. Abbiamo internet e stampanti 3D per qualunque esigenza."

"Volete portare qui tutti i rifugiati?" Domandai in tono scherzoso. "Come sull'Arca di Noè?"

"Impossibile, ci vorrebbero cento navi," aggiunse Billai, "solo per sgomberare il campo di Dadaab."

"Infatti abbiamo un altro piano. In attesa dell'occasione giusta, punteremo verso l'India e i mari del sud."

"A qualcuno non piacerà questa soluzione," concluse Kysmayo.

Haziz e alcuni ragazzi erano saliti controvoglia. Avevano continuato a lamentarsi di volere soltanto l'Europa.

"Appena si saranno rimessi, potranno decidere se ritentare. Noi dovevamo salvarli e avvertirli dei rischi."

Il cielo a nord era invaso da una gabbia di fulmini. Dall'entroterra indiano il fronte nuvoloso avanzava adagio, come un animale ferito con la testa ciondolante. Il temporale si piegò in avanti, rumoreggiò e cancellò ogni barlume di sole. I lampi scendevano sull'acqua dopo aver saettato lungo segmenti incandescenti.

Molti di noi si erano rifugiati sotto le tende per godersi in sicurezza quello spettacolo di luce, acqua e vento, mentre altri correvano in mezzo alla pioggia torrenziale per rinfrescarsi tra canti e risa. Muna giocava con suo figlio, vivo grazie al fatto di non essersi mai staccato dal seno della madre, da cui aveva succhiato ogni goccia di latte che lei era riuscita a dargli senza morire disidratata.

Ma i festeggiamenti s'interruppero appena un uomo scese dal ponte con un megafono in mano.

"Attenzione! Attenzione! Hanno segnalato un maremoto. Tempo d'impatto quattro minuti."

Una luce sinistra imbiancò il mare. Billai si rannicchiò contro di me.

"Non finirà mai... Anche il mare se la prende con noi."

"Avresti preferito fare come Haziz e i suoi amici?"

"No, loro sono pazzi. Tornare in Somalia per ritentare il viaggio della speranza... però noi che fine faremo?"

"A parole volevano ritentare, ma dai loro occhi traspariva il contrario. Comunque noi faremo una fine migliore, me lo sento."

In mezzo a onde alte quattro metri che si rincorrevano fino ad aggredire lo scafo della nave, ne apparve un'altra: occupava tutto l'orizzonte e a giudicare dalla distanza doveva essere alta il triplo. La visibilità calò e un muro d'acqua, nebulizzato dalle raffiche di vento, agitò i rami della foresta galleggiante.

Il beccheggio, già fastidioso ogni volta che la nave sprofondava nelle gole delle onde, divenne insopportabile. I canti e le grida erano diventati lamenti e imprecazioni. Chi prima ballava, ora si teneva aggrappato a qualcosa, sforzandosi di non vomitare.

Il clamore aumentò, un tumulto di vento, di scrosci d'acqua e una vibrazione simile al rullo del tamburo che batte la carica. Nonostante i cinquecento metri di lunghezza e una stazza spaventosa, anche la Nave Verde soffriva la potenza della natura.

Quando il maremoto si abbatté su di noi, attraversando ogni poro, nervo e muscolo dei nostri corpi, Billai, con le labbra tremanti di paura e di emozione, mi baciò sulla bocca.

Cessata la tempesta, comparvero dei bagliori all'orizzonte.

Quando fummo più vicini, riconobbi numerose imbarcazioni collegate tra loro da un labirinto di funi e pontili: tutte insieme formavano una specie di flottiglia.

Nessuno di noi aveva idea di dove fossimo arrivati, anche se quel raduno in alto mare non sembrava essere la nostra destinazione finale. Per avere una risposta, andai da Sergio che però era al cellulare.

"Dove e quando è successo?" stava chiedendo a qualcuno. Dal suo volto traspariva una gioia contagiosa, come se fosse diventato padre a sua insaputa.

"E quanto è grande?"

Faceva avanti e indietro, incapace di trattenere una felicità misteriosa.

"Sì, certo... Mandami una scansione e le coordinate. Io informo la flottiglia."

Chiusa la comunicazione, Sergio mi prese per le spalle.

"Siamo stati fortunati! La natura sta costruendo la vostra nuova casa."

"La nuova casa?"

"Il maremoto... ha aperto una faglia sottomarina da cui sta uscendo magma a volontà."

"Ci state portando in un vulcano?"

"No, ma appena il magma si sarà raffreddato potremo reclamare l'isolotto che sta sorgendo dal mare. Adesso anche noi abbiamo qualcosa da insegnare alla Natura, poi insieme alla flottiglia penseremo al resto."

"Resto? Quello sarà uno scoglio."

"Certo, all'inizio sarà inabitabile, ma lo terraformeremo."

Spostai lo sguardo dal volto soddisfatto di Sergio e osservai le cupole geodetiche. I pollini degli alberi e le spore dei funghi se ne andavano in giro, portati dalla brezza marina.

La Nave Verde prese la testa della flottiglia; vista dall'alto poteva sembrare un banco di pesci che migrava per la stagione estiva. E noi facevamo parte di quel flusso.

Il cartello posto in cima alla nostra nuova terra era stato modificato. Era bastato cambiare una N in una D per trasformare "terra di nessuno" in "terra di nomadi", come i media si erano affrettati a ribattezzare la neonata micronazione.

L'isolotto su cui Sergio per primo aveva piantato la bandiera della Nave Verde – chiamato in fretta e furia "No-Man's Land" per sottolinearne l'indipendenza da chiunque ne volesse reclamare la proprietà – con il tempo per noi era diventato "No-Mad Land", un luogo accessibile senza passaporto, visto d'ingresso e permesso di soggiorno, una terra progettata per accogliere invece che respingere.

A me piaceva il gioco di parole tra No-Man e No-Mad perché, cresciuto in un campo profughi tra mura e recinti, mi ero liberato da quei limiti e mi ero lasciato ogni frontiera alle spalle. Perché i confini – politici o mentali – sono solo ostacoli temporanei. Perché solo chi è stato respinto o ha abbastanza immaginazione ed empatia verso il prossimo sa apprezzare il valore dell'accoglienza.

Alla nascita casuale ma altamente probabile dell'isolotto in mezzo all'Oceano Indiano, era seguita la fase di spostamento di migliaia di tonnellate di sabbia dai fondali sottomarini adiacenti. Grazie a dispositivi di pompaggio, la sabbia aspirata era diventata il materiale da costruzione che riforniva cinque enormi stampanti 3D.

Due di loro, a bordo di navi cisterna, impiegarono le stesse tecniche con cui gli Olandesi avevano strappato i polder al Mare del Nord – creando cioè dighe di materiale naturale – per proteggere l'atollo centrale. Tuttavia, a differenza dei polder, i transarchitetti che supportavano il progetto avevano ideato una struttura artificiale porosa che, adatta ad ospitare la vita marina, nel corso dei secoli avrebbe in parte rimpiazzato la Grande Barriera Corallina Australiana irrimediabilmente danneggiata.

Le altre stampanti si occupavano di terraformare il magma raffreddato e ricco di sostanze fertili, miscelandolo con sabbia sottomarina.

Ci vollero sei mesi prima di mettere piede su "No-Mad-Land".

La terra non era dura al tatto, anzi sembrava grassa e pronta per essere coltivata.

Un tappeto di narcisi gialli diede il benvenuto a Billai e me sotto un cielo arancio. L'aria profumava e dal terreno saliva un tepore quasi narcotico, più forte del *chilum* che fumavo con Noor al campo di Dadaab. Le corolle arrivavano fino alle ginocchia nude di Billai, e io m'impregnai dell'odore di quei narcisi, trapiantati sull'isola mesi fa dalla Nave Verde.

"Sai perché mi piace qui?" chiese lei mentre si sdraiava.

Scossi la testa.

"Perché siamo tutti immigrati da qualche parte."

"Se ci pensi, anche a Dadaab era così."

"Però qui è più bello," fece lei con un sorriso deluso.

Fissai le sue caviglie esili. La prima volta che le vidi al campo profughi, lei e altre due ragazze stavano chiacchierando mentre pompavano acqua dal pozzo. Ciascuna riempì tre taniche, due da portare a mano e la terza in bilico sulla testa. Erano tre regine, modelle che sfilavano su sentieri polverosi come fossero passerelle d'alta moda. Lei portava una gonna lunga in tinta con il fazzoletto in testa, orecchini e make-up correlati, acconciatura con treccine molto curate. L'andatura bilanciata del suo corpo era perfetta, lo sguardo dritto, fiero e carico di nonchalance. Brillava di luce propria, stella di pelle nera che al passaggio emanava un'aura sovrannaturale, ancheggiando tra buste dell'immondizia, rifiuti di plastica, scarpe spaiate, tubi arrugginiti e caprette che brucavano quello che c'era.

Facemmo tutto il viaggio insieme. A volte, come in Sudan, temetti che non ce l'avrebbe fatta a corrompere il tizio alla frontiera. Oppure quando venne ferita mentre attraversavamo una zona minata dai terroristi di Boko Haram. Ma più di ogni altra cosa, temetti per la sua vita la notte in cui i due scafisti la presero da una parte dopo aver scoperto la sua bellezza. Lei tentò di difendersi, di opporsi alla violenza, Billai urlò "Saidia! Saidia!"[25] ma nessuno si mosse per paura di essere gettato in mare per averla difesa. Alla fine non resistetti. Afferrai uno dei due per il collo e lo scaraventai fuori dal barcone. L'altro mi colpì con un calcio sulla schiena, mi prese per la maglietta e mi sollevò di peso. Anche io sarei finito in mare, se non fosse intervenuto il professor Kysmayo, le cui mani poderose mi strapparono alla presa dello scafista e poi gettarono lui nelle acque scure.

"Hai ragione, Billai... Però, a differenza di Dadaab, oltre a essere tutti immigrati c'è un'altra cosa che mi fa amare questo posto."

"Quale?"

"Che qui, se vuoi, puoi anche emigrare."

---

25 "Aiuto" in lingua Swahili.

Lei mi prese le mani e disse nel suo tono solenne: "Come è sempre stato e sempre sarà."

Ogni tanto via web parlavo con qualcuno a Dadaab. Nessuno voleva ammettere che quel campo profughi – provvisorio dagli anni '90 – era diventato un insediamento permanente: non volevano ammetterlo i funzionari locali che ottenevano finanziamenti per continuare a ospitarlo, né le Nazioni Unite che pagavano per non dover risolvere il problema, né i rifugiati, costretti a viverci con la speranza di andarsene. Io, invece, non sarei mai voluto tornare a sopravvivere là, immaginando una vita altrove. Il mio altrove, insieme a quello di molti altri, stava nascendo dall'impegno di chiunque avrebbe partecipato alla prima "No-Mad-Land". Se avessimo creato un precedente migliore di Sealand, della Repubblica di Minerva, dell'Isola delle Rose, per citare alcuni casi di cui Sergio ci aveva parlato, chissà cosa avremmo potuto ottenere? Chissà se il diritto internazionale si sarebbe adeguato alle necessità fondamentali dell'uomo?

Mia madre e mio fratello erano già in cammino per intercettare la rotta della Nave Verde.

Sceso sull'isolotto, il professor Kysmayo agitò il braccio per salutarci. Nell'altra mano teneva una busta con dentro un oggetto rotondo.

"Laggiù, lo avete visto?"

Ci alzammo e lo seguimmo finché non superammo una collinetta, dove c'era un secondo prato, verde e piatto.

"Mi hanno insegnato a usare una stampante 3D."

Linee bianche correvano lungo i lati del campo.

"Questo è il mio primo pallone," disse tirando l'oggetto fuori dalla busta e alzandolo sulla testa come un trofeo. Poi tirò un calcio al pallone.

Una porta di calcio aspettava solo noi.

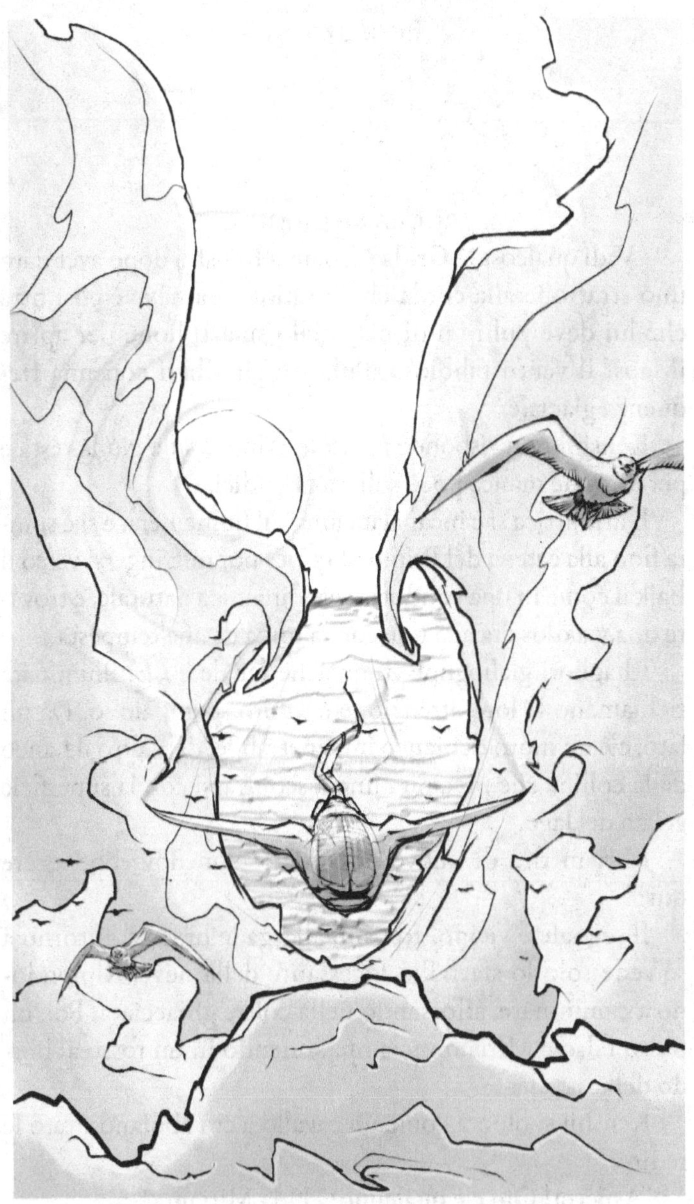

Illustrazione di Jesus Emmanuel Huayta La Torre

ROCCA SHAMANKA

"Vedi qualcosa?" Grida Miriam a Kenshij dopo aver dato uno strattone alla corda che li unisce. La neve è così fitta che lui deve pulire il display dello smartphone per aprire iMaps. Il vento rabbioso ulula tra gli alberi con una frequenza glaciale.

Kenshij non risponde a parole. Muove su e giù la testa e per dire che manca poco solleva gli indici.

L'aria artica si è incanalata lungo il fiume Lena e si è spinta fino alla catena del Primorskiy, per poi restringersi verso il Bajkal come in una condotta aerodinamica naturale, e trovare una via d'uscita alla fine con la forza di una tempesta.

I bagliori giallognoli di qualche fanale e *isba* illuminata richiamano la loro attenzione e subito scompaiono. Da un lato, c'è un muro di bianco impenetrabile, dall'altro il fianco della collina che precipita fino a scontrarsi con la superficie gelata del lago.

Miriam tira di nuovo la corda: "Non dovrebbe essere qui?"

Il segnale è vicino. Kenshij allarga le braccia, intorno a sé vede solo lo sfarfallio incessante della neve. Riprendono a camminare, affossando nella coltre ghiacciata. Poi, un passo falso e Miriam inciampa, finendo in un fosso al bordo della strada.

Kenshij si blocca come un cavallo a cui abbiano tirato le redini.

"Aspetta! Qui c'è qualcuno!" Urla Miriam.

Lui torna sui suoi passi e la aiuta a liberare un corpo dalla stretta letale della neve. Una volta estratto a fatica, mezzo assiderato, l'uomo rabbrividisce senza potersi muovere.

Miriam fruga nelle tasche dello sconosciuto e Kenshij gli sfrega con vigore gambe e braccia.

"Sì! Ci ha mandato lui la segnalazione," grida Miriam tirando fuori dal giubbotto lo smartphone customizzato GLOBAL WALKER.

Da settentrione, il *Sarma* brucia e soffia sui loro volti a 100 km orari; ma quando l'uomo apre le fessure degli occhi, ha un sussulto e resta sbalordito.

Le figure davanti a lui non indossano giubbotti, né guanti, non portano sciarpe al collo, né cappelli in testa. Dai loro caschetti parte una luce fioca ma per il resto sono vestiti come se fosse piena estate siberiana: maglietta e calzoncini da trekking.

"Chi sei?"

L'uomo si guarda intorno. La sua attenzione è rivolta alle pareti della caverna affrescata con pigmenti naturali che riproducono una valle idilliaca con iurte circolari in mezzo a cavalli selvaggi.

"Igor... mi chiamo Igor Mikhailovic Semionov."

Conosce quel posto: per i pastori nomadi degli Evenki è il luogo di nascita dell'antenato leggendario, invece per i monaci buddhisti nella grotta vivrebbe una divinità mongola. Per questo Rocca Shamanka è meta di pellegrinaggio sia per i Buriati che per le comunità sparse tra Mongolia, Siberia e Kazakistan.

Alcune panche sono ricoperte di pelli di animale e il terreno è disseminato di offerte votive, monili e vasellame composti dai migliori artigiani digitali della regione.

La grotta è un santuario al coperto.

"Io sono Miriam Farchi e lui è Kenshij Shimizu. Per fortuna la batteria non si è scaricata."

"Non importa, dovete vedere il lago."

Igor osserva le mani rugose della donna. Sull'epidermide s'intravedono macchie stinte in movimento, simili ad arabeschi dinamici, che partono dalle dita e risalgono fino al gomito per sparire sotto la veste a maniche corte.

"Domani mattina, appena sarà passata la bufera."

Igor socchiude gli occhi. Respira a fatica. "Dobbiamo andarcene. La grotta è vietata agli estranei."

"Lo faremo, ma questo è l'unico posto riparato. Saresti morto assiderato nel giro di poche ore."

"Potevate lasciarmi lì... Adesso che siete arrivati, il mio compito è finito."

"Non dire così. Che è successo?"

Dietro di loro, Kenshij sta preparando un infuso di tiglio e malva. Acceso un fuoco, ha messo a scaldare un pentolino con della neve. Accanto a lui, un nanomat portatile ha appena finito di comporre una tazza di cellulosa.

"Non vale la pena sentirlo," risponde Igor amareggiato.

"Se ci hai chiamato, vuol dire che ancora tieni a qualcosa."

"L'unica cosa è il Bajkal..."

Kenshij porge la tazza a Igor, ma lui si rifiuta di bere.

"Ah, preferisci così?" dice Miriam alzandosi per osservare le pitture rupestri. "Non sei il primo mulo recalcitrante che incontro. Mio figlio era uguale, stessa rassegnazione ostinata, prima dei naniti."

Igor la segue con lo sguardo, quella parola l'ha incuriosito. "Sono le macchie che avete sotto pelle? Ho visto i video."

"Più o meno," fa lei sollevando la manica fino alla spalla. Un lucore intenso illumina lo spazio con tonalità verdastre. "Però questi sono *eliotroni*, i naniti fanno meno impressione."

"Vi ho chiamato per questo. Dovete fare qualcosa."

"Forse potresti fare qualcosa anche tu, invece di stare a commiserarti."

Igor abbassa gli occhi. Si sente tante colpe addosso. Alcune meritate, altre no.

"È vero che vi alimentate col Sole?"

"È un'esagerazione. C'è chi si nutre dei frutti della terra e chi dei raggi del Sole, ma è più complicato. Comunque ciascuno dei PULLDOGS ha abbracciato una forma di *ecoluzione*."

Kenshij porge di nuovo la tazza a Igor, il quale però continua a tergiversare.

"Se mi dirai cosa ti è successo, io ti racconterò di noi."

"D'accordo," risponde lui alla fine, accettando la tazza. Quindi inizia a bere ma, dopo poche sorsate, i suoi occhi si fanno pesanti e Miriam lo vede addormentarsi.

All'alba, Kenshij è fuori per gli esercizi di Qi Gong; Miriam si avvicina ad Igor per chiedergli di riprendere da dove hanno terminato ieri notte.

"Per dieci anni ho vissuto in una valle isolata vicino a Novosibirsk. Facevo il muratore, prima dei lavoretti in giro, poi in una ditta che si era aggiudicata un appalto per la composizione di un ospedale. Purtroppo, a struttura ultimata, un incendio estivo ha distrutto il cantiere e qualsiasi altra cosa nel raggio di quaranta chilometri."

"Quello terribile del 2032?"

"No, l'anno dopo. Quasi non ne hanno parlato per non diffondere il panico."

"Sì, miopia di breve periodo. Hai studiato prima?"

"Botanica, mi piaceva coltivare le piante. Ho dovuto fare il muratore perché nell'agricoltura di precisione prendevano solo ex-piloti militari che sapevano guidare i droni. Nessuno voleva sporcarsi le mani con la terra, oggi ancora di meno."

"Però avevi una serra?"

"Certo, nella *dacia* di famiglia a Irkutsk. Coltivavo cetrioli, patate e pomodori. Perché queste domande?"

"Perché esistono *camminovie* lungo i canali disboscati che un tempo venivano usati per i tralicci dell'alta tensione, altre si stanno formando tra le linee ferroviarie abbandonate e altre ancora dalla rigenerazione di strade cadute in disuso per via delle autostrade. In questi corridoi stanno spuntando – in modo spontaneo ma logico – stazioni di posta autonome e sostenibili, dove i camminatori possono trovare primizie di stagione all'interno di serre solari geo-referenziate su GLOBAL WALKER. Così, durante le transumanze, ciascuno può cibarsi di frutta e ortaggi. L'unico contributo richiesto sono alcune ore di lavoro per la cura delle piante."

"E se qualcuno non rispetta le regole?"

"Beh, per ora non è successo. Il mutuo soccorso è un sentimento profondo e per sradicarlo servono anni di esposizione al peggior capitalismo competitivo. Comunque se qualcuno dovesse comportarsi male viene segnalato e, se recidivo, esce dal circuito gestito tramite blockchain per prevenire possibili abusi. Le serre sono controllate da biglie di videosorveglianza e difese con droni da stordimento."

"Il mio sogno era di riuscire a crescere un avocado, come quelli che ho mangiato in Turchia, durante una vacanza sul mar Nero, insieme a Irina."

"Tua moglie?"

"Lo era," Igor s'incupisce di nuovo. "Cancro allo stomaco. Diagnosi tardiva."

Miriam prova a sondare altre strade che non portino al solito vicolo cieco.

"Come sei finito qui?"

"L'anno scorso, quando la serra è stata spazzata via da una tempesta, non ce l'ho fatta più. Volevo farla finita ma prima desideravo vedere il Bajkal un'ultima volta, così sono venuto sull'isola di Olkhon e ho visto il disastro. È stato troppo. Ho cercato di parlare con qualcuno, di convincere la gente a non andarsene, ma niente... Piano piano ho perso anch'io ogni speranza. Allora ho vi ho mandato la segnalazione. Da queste parti è facile imboccare la via della disperazione, inizia con qualche birra, si trasforma in troppa vodka e si conclude annegando nell'alcool o cadendo in un fosso."

"Per fortuna sono caduta anch'io in quel fosso."

Igor non reagisce alla battuta, si mette le mani tra i capelli al pensiero di quelle sventure.

"Sai, l'ospedale andato in fumo non è l'unico posto dove si possono curare le persone, né la serra è l'unico modo per nutrirsi."

"Che vuoi dire?"

"Ci sarebbero altri modi per..."

In quell'istante, Kenshij rientra nella caverna, si sbraccia e a gesti fa capire che sta arrivando qualcuno.

"Sono già qui," dice Igor preoccupato. "Ci avranno visto con i droni."

"Chi sono? Li conosci?"

"Il sindaco di Khuzhir, Nikolai Šelichov e la cricca dei suoi sostenitori. Vi avevo avvertiti."

Miriam e Kenshij si affrettano a raccogliere le loro cose, si rimettono gli zaini in spalla ed escono dalla grotta. Igor li segue poco convinto.

SPIROGYRA

Il cielo si è rasserenato, ma una spruzzata di nubi in alto e una manciata di pini nani dalle radici contorte sul pendio della collina, non bastano a pacificare il panorama. I larici sono ridotti a una filigrana annerita e le betulle ondeggiano come spettri impauriti. Quella desolazione, alla deriva nell'inverno, non fa che rendere il loro incedere più faticoso.

Dietro di loro, Rocca Shamanka sembra un meteorite conficcato nel lago gelato.

A cento metri, avanza un corteo di persone, circa una trentina, guidati un uomo barbuto dall'aria combattiva che brandisce un bastone più come arma che come sostegno. "Igor, io lo sapevo!" Urla accelerando il passo. "Solo tu potevi portare degli stranieri a campeggiare nella grotta sacra!"

"Chiediamo scusa," interviene Miriam, "Igor stava per morire assiderato e l'unico posto al coperto era la grotta. Gli ha salvato la vita."

Gli sguardi inquisitori della gente puntano i gomiti e le ginocchia scoperte di Miriam e Kenshij, con l'aggravante di quegli strani tatuaggi. Per reazione e a causa delle raffiche di Sarma, si stringono nei giubbotti e si calcano i cappelli di pelo sulle orecchie. Tuttavia, il sindaco si calma, come ad assecondare l'idea, di fronte alla comunità, che Rocca Shamanka abbia poteri salvifici.

"In ogni caso, alle donne è vietato l'ingresso alla grotta degli sciamani," ci tiene a sottolineare con durezza.

"Non volevamo offendere nessuno. Ce ne stiamo andando."

"Non è così semplice. Dovrete pagare una multa."

"Cosa?" Miriam è sbalordita, ma ricorda le volte in cui – insieme ai PULLDOGS – si è imbattuta in quell'atteggiamento ostile: fatti sgombrare dal viadotto Garbatella-Testaccio a Roma, cacciati dal fosso bianco sul monte Amiata, allontanati dai calanchi dell'Appennino tosco-emiliano, perquisiti sulla Nave Verde a Istanbul, ogni ingresso una richiesta di informazioni, ogni uscita una prova di transito, ogni sconfinamento una sanzione, ogni movimento una punizione o un avvertimento. A ogni tentativo di togliersi un'identità di dosso, qualcuno accorreva sempre a riattaccarne un'altra come se fosse quello l'unico modo di relazionarsi con gli altri.

"La grotta non è un albergo, è il nostro santuario naturale," sentenzia il sindaco.

Già altrove, durante gli anni di cammino nella Russia siberiana, Miriam aveva incontrato quella mancanza di riguardo verso gli estranei. Stavolta, il divieto sembrava legato alla credenza popolare per cui le donne "impure e peccatrici" potevano contaminare i luoghi sacri. Invece altre *babushke* le avevano sussurrato che la proibizione serviva a proteggere le donne in quanto visitare un santuario, pieno di energie misteriose e incontrollabili, poteva complicare il parto.

Lontane dai centri urbani, intere comunità avevano rifiutato la modernità, ritenuta troppo razionale e inadatta ai loro bisogni, ed erano tornate alle tradizioni di una volta, che spesso combaciavano con le superstizioni: battezzare i bambini nelle acque dei fiumi e dei laghi, seppellire i morti nei boschi e piantare alberi al posto di lapidi. Molti paesi avevano ricusato così la decadenza della Russia europea e il Sogno americano; nella Siberia sconfinata, dove la politica non poteva esercitare un controllo stringente, sempre più persone sceglievano di vivere in una "terra di nessuno" dove avrebbero potuto sentirsi se stessi. Quando era partita da Roma, anche Miriam, seppure per motivi diversi, provava qualcosa del genere, il desiderio di fondare un nuovo mondo all'interno di quello vecchio.

"Non sia ridicolo," risponde lei facendosi largo in mezzo al corteo. "Non abbiamo soldi, da almeno sei anni. Siamo qui per il Bajkal, su richiesta di Igor."

A quelle parole, la gente inizia a rumoreggiare e il sindaco cambia tono: "Davvero? Potete aiutarci?"

"È presto per dirlo. Abbiamo visto solo alcune foto. Dobbiamo valutare la situazione di persona."

Sulla superficie del lago s'intravedono ciclisti, surfisti e corridori. Da queste parti, in inverno, si corre la BAJKAL ICE MARATHON, tra i paesi di Tanhoi sulla riva orientale e Listvyanka su quella occidentale. La corsa, una delle più estreme al mondo, richiama centinaia di atleti da ogni paese.

"Loro sono l'unica fonte di reddito che ci è rimasta," dice il sindaco lasciando trapelare un certo scoramento, ma anche un punta d'orgoglio.

"Col vostro permesso, ci accamperemo fuori dal paese. Non vogliamo creare problemi," conclude Miriam.

Kenshij e Igor la seguono, lasciandosi il corteo alle spalle.

"Perché dobbiamo assistere ogni volta a un disastro per sentirci esseri umani?"

La sera prima, a causa della scarsa visibilità, non avevano notato le macchie: intere sezioni di costa sono ricoperte da uno spesso strato di alga marcia.

"La spirogyra," dice Igor mentre Kenshji ne raccoglie una manciata e se la porta al naso, "è arrivata insieme agli scarichi delle industrie nei fiumi Selenga, Angara e Barguzin. L'acqua è stata avvelenata e la successiva eutrofizzazione l'ha resa inutilizzabile per uomini e animali. D'estate, per ripulire una spiaggia ci vuole una fatica immane. Bisogna scavare almeno 30 centimetri per estirparla. Anche la pesca è diventata impossibile. Le barche non riescono a muoversi, né a gettare le reti tra i banchi di alghe che affiorano in superficie."

Enormi schegge di ghiaccio, affilate come zanne brillanti e irregolari, scintillano sul lago. Miriam indica un punto lontano. "E quelli laggiù?"

"Depuratori, installati sul Selenga per limitare l'inquinamento delle cartiere, su tutte la BAIKALSK PULP AND PAPER MILL, per fortuna chiusa nel 2013. Però sono serviti a poco e non hanno compensato l'aumento degli scarichi urbani e dei nitrati provenienti dai terreni coltivati."

Mucchi puzzolenti di alghe in decomposizione si estendono per chilometri lungo la spiaggia; il litorale è lastricato da un'ecatombe di pesci morti e dal ghiaccio spuntano ciuffi ostinati di alghe giallognole che non temono i -20 o -30 gradi; masse spugnose, ricoperte di striature rossastre, colorano una malattia irreversibile.

"Una volta c'era un minuscolo crostaceo che teneva tutto pulito, filtrando l'acqua fino a renderla cristallina. Era anche il plancton di cui si cibavano tante specie ma appena è cambiata la salinità, diminuito l'ossigeno e alzata la temperatura, il gamberetto si è estinto nel giro di dieci anni. Viveva solo qui, una specie endemica, incapace di sopravvivere altrove."

Sulla collina, il monumento a Marina Rikhvanova, presidentessa dell'organizzazione BAIKAL ECOLOGICAL WAVE, che riuscì a mobilitare associazioni ambientaliste, sensibilizzare istituzioni e convincere il governo di Mosca a deviare il corso di un gasdotto dalle sponde del lago, è imbrattato di vernice nera. Qualcuno ha oscurato gli occhi della statua alta dieci metri e posizionata a braccia aperte verso l'alto all'inizio del GREAT BAIKAL TRAIL, un sentiero attrezzato che gira intorno al lago. Difficile dire se il gesto sia un atto di vandalismo insensato oppure di pietà per impedirle di vedere ciò che è successo in sua assenza.

"Come se non bastasse," prosegue Igor, "negli ultimi vent'anni sono state costruite tre stazioni idroelettriche sull'Angara: Bratsk, Irkutsk e Ust-Ilim. La quarta centrale di Boguchanskaya è in fase di progettazione."

Un gruppo di venti pattinatori sfreccia a trenta metri da loro. Poi vedono sfilare una serie di cinquanta biciclette da neve con le gomme larghe, e alla fine una batteria di corridori in tute sgargianti che si allenano per l'ultra maratona.

"Come fanno a ignorare tutto questo dolore?"

"I turisti non vengono più. Gli atleti invece fanno finta di niente."

Superata un'insenatura, si apre una distesa di cadaveri. L'ingresso al cimitero di molluschi, lumache e conchiglie è indicato dal rumore dei gusci vuoti che si rompono sotto i piedi. Kenshij non trattiene l'orrore. Fa cenno di volersene andare.

Poi, con voce flebile, dice: "Se calpesti un sentiero, un po' di sentiero entra dentro di te." Miriam si volta perché è raro sentirlo parlare. "Ogni tocco è uno scambio col mondo. Oggi siamo morti," conclude in tono lugubre.

"Igor," dice Miriam afferrandolo per un braccio, "dobbiamo chiedere al sindaco di indire un'assemblea cittadina."

LA CHIESA DELL'ICONA DELLA MADRE DI DIO

Tutti gli abitanti di Khuzhir sono radunati di fronte alla Chiesa dell'Icona della Madre di Dio. Qualcuno è in piedi, fuori della staccionata, per assistere alla riunione.

Fa molto freddo, e si sorseggiano tè e bevande bollenti dai thermos.

"...e anche gli scienziati dell'Istituto Limnologico dell'Accademia delle Scienze e i rappresentanti del Ministero delle risorse naturali di Irkutsk, venuti a studiare la situazione negli anni scorsi, non hanno combinato granché. Le conseguenze della proliferazione delle alghe sono evidenti. Dobbiamo reagire!" dice Igor a conclusione del suo intervento.

Di solito le udienze pubbliche si svolgono in un'atmosfera tesa. Tuttavia, quei tempi sono andati, insieme ai cittadini che si sono trasferiti altrove.

L'unico rappresentante delle associazioni ambientaliste sottolinea che è responsabilità del governo regionale di sviluppare un piano per la costruzione e l'ammodernamento degli impianti di trattamento delle acque reflue e della centrale di Baikalsk. Anche lo smantellamento e la decontaminazione delle vecchie strutture della cartiera BPPM e dei residui di lignina, ricadono sul governo regionale, se non su quello federale.

Mormorii di approvazione. Qualche smorfia. Un paio di applausi.

Una giovane prende la parola. Ha i lineamenti levigati, gli occhi allungati e il naso sottile, come fossero stati scolpiti dagli agenti atmosferici nel corso dei millenni. Tiene un bimbo in braccio e un altro nel passeggino: "Se la lignina raggiunge il fiume Irkut, può arrivare a valle. La RG-GEOLOGIA possiede 500 ettari di terra vicino a Moty e il vicedirettore Gleb Ivanov ha assicurato che il nostro distretto sarebbe rimasto intatto dalla lignina. Stando all'accordo firmato cinque anni fa, i rifiuti possono essere trasportati solo in discariche specializzate, ma la terra di Moty non è una discarica. Lui si era impegnato a fornire un elenco di discariche adatte al materiale. Che fine ha fatto?"

Il problema è immane: fino a otto milioni di metri cubi di fanghi di lignina sono ancora sepolti nelle trincee industriali e nei bacini di sedimentazione delle discariche di Solzansky e Babkhinskiy lungo la costa.

Miriam assiste impotente a quel rimbalzo di responsabilità. Kenshij, invece, le fa un cenno col mento e indica le auto dai vetri oscurati parcheggiate vicino alla chiesa. Senza farsi notare, si alza e va a controllare. Quando torna, le mostra un'immagine al cellulare.

"Targhe mongole," sussurra lei, "i tizi della diga a cui accennava Igor."

Nel frattempo un vecchietto si abbandona ai ricordi di quando il Bajkal era uno spettacolo della natura.

"Mio nonno mi portava a pescare l'*omul* appena tirato su, gridava come una cornacchia. Oh, quante stranezze che c'erano. Coi compagni di scuola c'immergevamo per vedere il "cavallo del Bajkal", un crostaceo che stringeva fra le chele due pietre, forse era una zavorra che usava per salire e scendere."

E poi si scatena la gara a chi è più nostalgico.

"Una volta ho preso uno storione da ottanta chili che aveva in corpo fino a sei chili di caviale!" Dice un ex-pescatore che ora gestisce il museo cittadino di Revyakin, con cimeli del ventesimo secolo. Il suo cappotto è un'esposizione di medaglie e distintivi dell'ex-armata rossa.

"E chi si ricorda dei *goljanki* oleosi e trasparenti?" Chiede una babushka in pelliccia sintetica e foulard a fantasia floreale tipico dei Buriati. "La femmina partoriva duemila piccoli pronti a nuotare e, dopo quello sforzo, galleggiava morta sulla superficie del lago. La pressione là sotto era così alta che esplodeva o si scioglieva, lasciando dappertutto macchie d'olio piene di vitamina A. Mia madre ci accendeva le lampade in casa."

Il sindaco Nikolai Šelichov se ne sta in disparte, come se la cosa non lo riguardasse. Ogni tanto manda un vocale, risponde a un messaggio, fa un cenno di approvazione con questa e quell'altra persona oppure stringe una mano a chiunque venga a salutarlo.

L'incontro sta scivolando verso un binario morto.

Tutto agitato, Igor si avvicina a Miriam e Kenshij: "Ho capito! Šelichov e gli altri sindaci stanno facendo marcire il Bajkal per abbassare il valore delle terre, costringere la gente ad andarsene, e svendere tutto alle multinazionali della diga in Mongolia. Così, in caso di disastro, non dovranno risarcire nessuno." Poi fa un cenno verso la ragazza che si era lamentata prima. "Quanto pensate che potrà resistere Ajuna Lebedeva con due bambini, una laurea in ingegneria, costretta a stampare souvenir in 3D per i fantasmi dei turisti?"

A Miriam si stringe il cuore e non riesce a ribattere. Invece, la sua attenzione si rivolge alla chiesetta dell'Icona della

Madre di Dio, con il tetto azzurro e le cupole a cipolla tipiche dell'architettura ortodossa. Eppure i materiali hanno qualcosa di lucido e artificiale.

"Quando è stata costruita la chiesa?"

"Oh, quella... è recentissima. A volte il Sarma soffia per giorni e così forte da sradicare alberi, ribaltare barche e strappare i tetti delle case. L'anno scorso si è portato via la vecchia chiesa. Da queste parti c'era un'antica tradizione di costruire *obydennye cerkvi*, piccole chiesette erette in un solo giorno grazie alla collaborazione degli abitanti della comunità. Era un simbolo di cooperazione, un esempio concreto di "miracolo" russo: una chiesa innalzata nel presente, dove prima crescevano solo alberi, uno spazio dove riconoscersi mediante l'impegno di tutti."

"Però hai detto che è recentissima."

"Sì, perché una settimana dopo la bufera, un gruppo di volontari amici di Ajuna ha lanciato una petizione online e in 24 ore si sono ritrovati con abbastanza fondi per ristamparla, identica a quella di prima. Stavolta però il tetto è stato ancorato al terreno," conclude Igor indicando i montanti simili a contrafforti.

"Allora vuol dire che esistono energie nascoste, sono solo disperse e neutralizzate da qualcosa o qualcuno che rema contro."

Kenshij guarda il sindaco di traverso.

"Esatto," prosegue Miriam. "Non gli faremo mai cambiare idea, per lui ciò che non vede o capisce, non esiste. Però gli altri con un po' di immaginazione possono farcela."

UROS

Ajuna Lebedeva, insieme a Sasha e Lena nel passeggino biposto, saluta Miriam da lontano. Lo stesso fanno Tanja e Lev, suoi amici dai tempi dell'università.

Tirando una palla in aria, Miriam compie tuffi e capriole per riprenderla prima che cada in terra. A 79 anni, fa ancora sport oltre agli esercizi mattutini di Qi Gong insieme a Kenshij. I suoi capelli grigi, sferzano l'aria avanti e indietro. Ha un corpo flessuoso e tonico.

"Salve, ragazzi! Venite, vi stavamo aspettando," dice Miriam accogliendo il gruppo nello spiazzo tra le tende composte alcuni giorni prima. Dopo aver riempito i thermos di ciascuno con un infuso di ribes e lamponi, fa strada verso il retro dell'accampamento.

Kenshij e Igor sono posizionati ai lati di un tavolino su cui è poggiata una bacinella piena d'acqua.

"Volevamo mostrarvi qualcosa, ovviamente avremo bisogno di aiuto. Il piano per riavere il Bajkal è composto da due fasi, e senza la prima, non riusciremo ad attuare la seconda."

Dietro di loro, due nanomat stanno componendo alcuni cubetti marroni di cinque centimetri di lato, un terzo estrude un filamento elastico verdastro, e l'ultimo deposita strati dello stesso materiale in fogli spessi un centimetro.

Eccitati, Sasha e Lena agitano le manine per giocare con quegli oggetti bizzarri.

"Tanto tempo fa vivevo a Roma e in quella vita ho lavorato per vent'anni al WORLD FOOD PROGRAMME come analista alimentare. Una volta siamo andati in missione in Perù, sul lago Titicaca, per studiare l'alimentazione degli Uros, una popolazione andina che si è adattata a un ambiente ostile, sfruttando le scarse risorse disponibili, su tutte una pianta acquatica simile a un giunco, detta *totora*, che è alla base della loro sopravvivenza; gli Uros la usano per costruire barche e abitazioni, mentre la parte bianca della canna allevia i dolori e i postumi dell'alcool. I germogli si mangiano e i fiori si usano per fare il tè. La totora essiccata diventa un combustibile per riscaldare e cucinare, e materia per intrecciare souvenir. Noi faremo lo stesso con la spirogyra."

Ajuna tira fuori il cellulare e inizia a registrare.

Presa una manciata di cubetti, Kenshji li passa a Igor, il quale li avvolge, uno a uno, nel filamento verde. Per la gioia di Sasha e Lena, due cubetti finiscono nelle loro mani.

"La nostra odiata alga sta per trasformarsi in un mattone di fango e torba progettato con minuscole bollicine di ossigeno intrappolate all'interno in modo da galleggiare."

Una volta legati i cubetti col filamento, Igor li mette nella bacinella e tutti li osservano restare per metà in superficie. Quindi Kenshij e Igor prendono alcuni fogli d'alga ancora caldi di stampa e li sistemano sulla piattaforma galleggiante.

"Quando avremo stampato centinaia di mattoni, avremo un fondamento su cui posizionare tanti strati di spirogyra e formare una specie di pavimento. Man mano che gli strati si rovineranno e sfalderanno a causa della decomposizione causata dai batteri sott'acqua, basterà aggiungere nuovi strati sopra per mantenere tutto compatto di anno in anno."

Ajuna è a bocca aperta, l'idea è semplice ma stenta credere alla sua realizzazione.

"Volete comporre iurte, tende ed edifici lì sopra?"

"Sì, con qualche accortezza, è possibile."

"Col tempo, i mattoni crescono insieme formando un unico strato vivente, che può essere collegato a un'isola vicina oppure fissato al fondo del lago con ancore di pietra. La spirogyra intrecciata crea una superficie spugnosa, asciutta ed elastica, spessa due metri. Ci si può correre e ballare sopra!"

Gli occhi scuri e penetranti di Ajuna sono fissi sul modellino. Vede un futuro impensabile fino a qualche minuto fa, la sua casa minacciata dai depositi di lignina a Moty svanisce, e s'immagina i suoi figli scorrazzare sull'isola insieme ad altri bambini, nuotare nel lago in compagnia dei pesci, e prendersi cura di quella meraviglia che i turisti di mezzo mondo verranno ad ammirare. Poi torna in sé e scambia un'occhiata perplessa con Tanja e Lev.

"Non sarà facile convincere interi villaggi a mettere le mani sulla spirogyra," dice Ajuna esprimendo i suoi dubbi in base all'esperienza passata. "L'hanno vista crescere e diffondersi come un cancro. L'hanno strappata, attaccata con gli acidi e i diserbanti e persino bruciata come si faceva con le streghe."

Con un cenno, Miriam chiama una gattina siberiana dal pelo lungo e bianco che si aggira nei paraggi da quando si sono accampati lì.

"Hai ragione, ma se quest'idea è riuscita a piantare un seme, allora potremo fare in modo che germogli anche altrove."

Ajuna sta condividendo il filmato con Tanja e Lev affinché lo rilancino sui social.

"In realtà, potrebbe non essere così difficile," s'inserisce Igor, rinvigorito da una carica che fino a qualche giorno prima era disperazione, "gli abitanti dei villaggi qui intorno, e fino a Kransojarsk, a Irkutsk e a Magadan, sono stufi si ascoltare le solite promesse mai mantenute sulla bonifica del Bajkal, e quelle strampalate sul riscaldamento della Siberia con l'energia nucleare, sul discioglimento del permafrost per alimentare le centrali elettriche... Quante ne abbiamo sentite?"

Lev ci mette la sua parte: "Hai ragione, ci hanno fatto firmare petizioni per irradiare le città artiche di luce solare artificiale, ci hanno tassato per sviluppare progetti di sfruttamento del vapore dei vulcani della Kamcatka e piani d'insediamento urbano dentro cupole geodetiche a microclima controllato... hanno persino chiesto la secessione dalla Russia per fondare un'Unione delle Repubbliche Sovrane del

Nord, ma la Siberia è dura e impossibile da gestire in modo centralizzato."

"La gente vuole cibo per nutrirsi senza dover fare troppa fatica," afferma Tanja. "Io avevo una fattoria ma, tra clima impazzito e disastri ambientali, coltivare qualcosa è diventata un'impresa qui, se non un vero e proprio rischio per la salute."

Miriam e Kenshij si lanciano uno sguardo complice. Forse questa generazione è pronta, più per necessità che per scelta, a fare il grande passo, lo stesso che hanno compiuto loro quando si sono affrancati dall'alimentazione industriale.

"Conoscete i naniti?"

"Ho letto qualcosa su delle riviste scientifiche," dice Ajuna, "e nei romanzi di fantascienza."

"Beh, sono come geni artificiali, dotati di propulsori per spostarsi, un giroscopio, una pila di crescita, un sistema di calibratura, un sensore a membrana cellulare e un manipolatore. Poi ci sono parti che non ricordo mai..." fa una pausa per trovare i nomi, "...un sensore di lunghezza d'onda, circuiti logici organizzati, un anti-recettore di cellule T e un sistema di distruzione d'emergenza."

"E cosa fanno di diverso dai geni normali?"

"Quelli che abbiamo noi consentono di abbassare il fabbisogno alimentare dell'80%, ottimizzando il metabolismo. Se prima mangiavamo due o tre volte al giorno, adesso lo facciamo due o tre volte al mese."

I ragazzi non riescono a trattenere le risa.

"E andate al bagno?" Chiede Tanya arrossendo.

"Raramente, però sì, siamo solo più efficienti. Meno entra, meno esce."

"Ora ricordo, ho visto qualcosa in rete," dice Tanja. "Siete i PULLDOGS! Quelli delle camminovie a nord!"

"Esatto, ci ha chiamato Igor per dare una mano."

Ormai convinta e desiderosa di sapere tutto, Ajuna prende un cubetto dalle mani di Lena e lo osserva con attenzione: "E la seconda parte del piano quale sarebbe?"

"È più complessa, ma a voi posso dirla."

LA FELICITÀ DEI PERDENTI

Stesi sulla neve sotto le stelle, le braccia incrociate dietro la testa e gli occhi chiusi, Miriam, Kenshij e Igor ascoltano il Bajkal. Il Sarma agita una fila di alberi, liberando uno sfarfallio di foglie cromate.

"Questi sono... pioppi," fa lei riconoscendo lo stormire dell'albero.

Igor non ci crede, non si fida e apre gli occhi per verificare. In mezzo ai rami sta prendendo forma qualcosa d'incredibile.

"Quelli cosa sono? Naniti?"

"No, è polline potenziato, i naniti sono invisibili. Però stanno iniziando a far sentire la loro presenza."

Banchi di spore fluttuano nell'aria mosse dalla brezza notturna, granuli finissimi di una bioluminescenza artificiale; la notte si frantuma di una miriade di schegge, goccioline scintillanti spinte con vigore dagli alberi. Sopra le loro teste vagano folate che sanno di resina e profumano di betulla: un naufragio d'infiorescenze, ondate di mucillagini trasparenti e rarefatte sulla superficie del Bajkal.

Annusare non basta: Igor alza le braccia, si fa sfiorare dal banco di spore e penetrare da quelle geometrie frattali. Gli sembra di essere attraversato da tutta la scienza, la bellezza e l'infinita saggezza racchiusa nei boschi.

"Un giorno riusciremo a comunicare con loro?" Chiede lui, quasi in trance.

"Loro già ci parlano e comunicano coi profumi e le sostanze chimiche..."

"Ma forse i naniti diventeranno gli interpreti di questo linguaggio sconosciuto."

Sono passati tre mesi dal loro arrivo e i primi cambiamenti sono già visibili nelle persone e sul territorio. Le parole di Miriam NANITI PER TUTTI hanno avuto lo stesso impatto di un messaggio rivoluzionario: se da una parte "per tutti" è stato facile da capire in una terra sconfinata che non ha dimenticato il comunismo, dall'altra si è rivelato quasi incomprensibile per molte persone, poiché "nanita" rimanda a qualcosa d'invisibile, tipo un gene, che in realtà incorpora caratteristiche legate alla cultura e al comportamento tipiche del meme. E un meme agisce come il passaparola, come una storia che si propaga di persona in persona perché funziona.

Un giorno Ajuna, Tanja e Lev, insieme agli abitanti dei villaggi rimasti, avevano preso le motoslitte e, a cinquecento metri dalla riva, avevano fatto un foro nel ghiaccio usando dieci trivelle a mano. Poi avevano iniziato a "terraformare" il Bajkal inserendo un centinaio di mattoni di spirogyra e altrettanti fogli d'alga prestampati in casa.

Il seme della piattaforma era stato piantato e il sindaco non si sarebbe accorto di nulla, al massimo i droni di ricognizione li avrebbero scambiati per pescatori alla ricerca disperata di pesci. Tuttavia, in primavera si sarebbe notata una gemma spuntare dalla rottura dei banchi di ghiaccio, qualcosa d'incredibile sarebbe germogliato, mattone dopo mattone, per trasformarsi nel rifugio delle famiglie in fuga dalla svalutazione delle loro terre e dalle conseguenze del disastro ambientale.

A quel punto, nel giro di poche settimane, l'inerzia sarebbe cambiata e, avendo già composto il resto del materiale nei mesi invernali, sarebbe bastato trasportarlo sul lago, mettere insieme i pezzi e battezzare il villaggio galleggiante. Il primo nucleo abitativo avrebbe ospitato una decina di iurte per altrettante famiglie, una fattoria idroponica, un recinto per i pesci, il fab-lab di Ajuna, un nido per i bambini e una torretta d'avvistamento con un'antenna per internet, tutto in un'unica infrastruttura vivente. Sarebbe stato il richiamo del Baikal, uno stimolo a tornare per coloro che avevano lasciato a malincuore le sue sponde contaminate.

Miriam si alza e nota delle luci provenire dal lago.

-... .. --- -. .- -. --- - .

Va nella tenda a prendere la torcia solare, l'accende e risponde con la stessa sequenza: "Buona notte anche a voi."

EPISCHURA BAIKALENSIS

Dalle colline scendono le prime carovane.

Le slitte solari a induzione scivolano lievi, venti centimetri sopra la neve.

"Guarda che spettacolo, amico mio. Stanno arrivando i rinforzi per decolonizzare il futuro."

Agitando le braccia, Miriam e Kenshij salutano le altre comunità transumanti di Neotopia, Vagamondo e Noburgo. La loro presenza, oltre al sostegno nella composizione dell'arcipelago, sarebbe stata utilissima nel caso in cui al sindaco fosse venuto in mente qualche brutto scherzo o azione di disturbo.

Dalla parte opposta, gli amici di Ajuna emergono dalla boscaglia scortati da alcuni pastori del Caucaso come fossero i *Lešie* delle leggende slave, spiriti della foresta e protettori del territorio da cui emanano energie misteriose. Imbracciano pale, forconi e rastrelli freschi di stampa per la pulizia del litorale e la raccolta di spirogyra.

Kenshij accorre ad aiutarli mentre Ajuna si avvicina a Miriam e le affida un portagioie decorato con motivi rossi e blu del buddhismo mongolo.

"Abbiamo dovuto girare parecchio per trovarlo, da Irkutsk a Seleginsk fino a Ulan-Ude, per fortuna ne è rimasta una copia al museo di Listvyanka. All'inizio la responsabile ha fatto un po' di storie come al solito e siamo dovuti tornare col vecchio Kolya del nostro museo di Revyakin. Però, alla fine, dopo la sua intercessione, ce l'ha consegnato."

"Bene, glielo riporteremo presto. Ci basta solo un campione."

Nello scrigno dorme il famoso gamberetto del Bajkal, in attesa di essere risvegliato. È un esserino minuscolo, lungo appena 2 millimetri, che un tempo costituiva il 90% della biomassa del lago ed era alla base della catena alimentare del *golomyanka* che a sua volta nutriva la *nerpa*, l'unica foca d'acqua dolce del mondo.

Una volta prelevato il DNA dell'esemplare imbalsamato, sarebbe bastato iniettare il materiale genetico nelle sacche di uova della specie di gamberetto più prossima a quella estinta, *l'heterocope septentrionalis*. I crostacei così clonati avrebbero avuto alte probabilità di sopravvivere e ricreare l'*epischura baikalensis*. Inoltre, l'inserimento dei naniti accelererà il processo di ingegnerizzazione dei tratti desiderati.

"Lo spazzino del Bajkal tornerà a rendere le acque cristalline."

Igor esce dalla sua tenda avvolto in una coperta. È febbricitante e in preda ai tremori dovuti all'assunzione di naniti. Ci vorranno settimane affinché il suo organismo si adatti alla mutazione e ristabilisca un equilibrio metabolico. Nel frattempo la sua adesione ai PULLDOGS è completa: l'ecoluzione è diventata per lui la sintesi perfetta di misticismo e pragmatismo, una specie d'ingegneria spirituale degna dei cosmisti di una volta, diceva che avrebbe salvato un pezzo di Russia e armonizzato una striscia di mondo perché nel vuoto lasciato dal comunismo e dal capitalismo, doveva pur esserci spazio per un'ideologia che riconciliasse il desiderio di libertà individuale con uno stile di vita sobrio e consapevole.

Ha gli occhi rossi, il volto gonfio ma una luce gli illumina lo sguardo.

"Non so come ringraziarti, Miriam. Hai spezzato ogni nostra stupida credenza. Hai raccolto ogni nostra energia nascosta. E hai restituito il Bajkal, non solo agli abitanti della Buriazia, ma a chiunque altro voglia viverci o visitarlo."

"E io ringrazio te, Igor Mikhailovic. Sarebbe stato più facile mollare, cedere alla disperazione, andarsene alla deriva e lasciarsi estinguere come il povero gamberetto. Invece eccoti qui, con una febbre addosso che elettrizza."

"Vorrei che il sindaco vedesse ciò che abbiamo visto noi."

Miriam si volta e indica in alto, in direzione di Khuzhir.

"Allora salutalo, ci sta guardando. Là ci sono i suoi droni. Non ha mai smesso di tenerci sott'occhio."

Igor sbatte gli occhi. Tra i rami degli alberi s'intravedono due sagome in volo stazionario. Qualcosa scatta dentro di lui. Si toglie la coperta di dosso e si mette a correre mezzo nudo verso i droni. I suoi piedi affondando nella neve fino alle caviglie.

"Non hai ancora capito?!" Grida come un invasato sotto al drone. "Devi cedere un po' di controllo per avere un po' di equilibrio in cambio!" Si piega, scava con le mani tra la neve e raccoglie due pietre. "La devi smettere di tracciare sempre una linea, tra noi e il resto del mondo!"

Scaglia le pietre. Manca il bersaglio ma forse raggiunge l'obiettivo.

Poi cade in ginocchio. Si accascia sfinito. Miriam e Ajuna lo raggiungono e lo coprono.

"Maledetto lui e quelli come lui. Ci hanno costretti a obbedire, a sopportare ogni tragedia, a chiedere perdono per le nostre debolezze, ad accettare le abitudini più disumane e innaturali, per sopravvivere e basta."

Il vento si placa. L'aria immobile è gelida. I droni galleggiano oltre la collina.

"Igor, ascoltami," dice Miriam poggiando le mani calde sul suo volto. "Le isole galleggianti non saranno come quei villaggi di tela e cartone che il principe Potemkin fece tirare su al passaggio di Caterina la Grande. Non illuderemo nessuno – noi per primi – di avere la soluzione in pugno. Ci aspettano altre battaglie. Il progetto della diga non verrà abbandonato perché abbiamo iniziato a bonificare il lago. Pëtr Alekseevič Kropotkin, uno dei pensatori preferiti di mio figlio Alan, una volta scrisse: 'Raggiungeremo l'Arcadia attraverso l'Anarchia.'"

Sotto l'insegna del fab-lab CASA DELLA CREATIVITÀ POPOLARE e sopra un morbido pavimento di alghe sono radunati i primi residenti galleggianti.

I nanomat stanno lavorando a ciclo continuo, dodici batterie di stampanti 3D attaccate a una ventina di serbatoi di materiale (in fibra e resina biodegradabile) da cui prendono le quantità necessarie a comporre oggetti di uso quotidiano tramite le formule open-source degli archivi online di E-DEN.

Oggi è un giorno speciale, un giorno di festeggiamenti ma anche di commiato.

Una vibrazione si leva dalle gole di Ajuna, Tanja, Lev e altri amici venuti a salutare Miriam e Kenshij.

Presso i Tuva, il canto difonico Xöömej è un continuum sonoro che evoca le forze elementali della natura: acqua, vento e terra. La lingua, toccando il palato, separa la gola e la bocca in due casse di risonanza, producendo una monodia di purezza inquietante.

A occhi chiusi, i volti dei cantanti si fondono in un'unica espressione vibrante.

All'inizio le singole note si propagano in lente modulazioni metalliche, prive di tremolii, quasi fossero flauti sibilanti. Poi, di colpo, si spezzano e rompono in un effetto drammatico, scendono di tono e si fanno bassissime. Non esiste strumento in grado di riprodurre un simile effetto straniante. Tutti hanno chiuso gli occhi, rapiti da frequenze ultraterrene.

È un'esperienza che va oltre la musica: è il senso di un luogo perduto, il Bajkal, e ne incarna in pieno la sacralità. Quelle voci – insieme a Rocca Shamanka – sono il santuario del lago.

Alla fine del canto, Miriam è commossa, persino Kenshij trattiene a stento le lacrime.

"Che meraviglia... Cosa posso dirvi? Adottate il passo lento e paziente della natura per crescere insieme a ciò che non è umano, fiorire a ogni nuova stagione, e apprendere l'uno dall'altro; la sfida è imparare ad ascoltare storie diverse dalle nostre per aiutarle a svilupparsi accanto a noi. Le nostre strade si separano," conclude Miriam in tono solenne, "ma tutto ciò che le strade dividono, le strade riuniscono."

I bambini corrono a salutare i camminatori. Miriam e Kenshij li accolgono e li abbracciano; il dispiacere della partenza è mitigato dalla gioia di averli conosciuti e di poter serbare il loro ricordo dentro di sé nella lunga transumanza lungo le camminovie per la stagione primaverile. Il tempo di andare e quello di tornare non ha più una connotazione così chiara.

Anche Igor è pronto, a costruire, a lottare, a difendere: la prima mutazione sta per terminare, e non vede l'ora di mettere alla prova la sua anatomia, con indosso maglietta e calzoncini.

Miriam prende un cesto di primizie dalle mani di Ajuna – more, lamponi e ribes –, mentre sale a bordo di una slitta che li riporterà a riva.

"Secondo la leggenda", dice Ajuna, "il lago Bajkal aveva un figlia, Angara, che si era innamorata di un ragazzo di nome

Eniseja e i due erano fuggiti insieme. Bajkal non voleva farli partire e per impedire la fuga dei due amanti, scagliò la pietra dello Sciamano, che oggi è Rocca Shamanka, considerata anche la fonte del fiume Angara. Tu hai fatto lo stesso, hai impedito la fuga di tante famiglie, gettando queste isole in mezzo al lago. Ogni volta che vorrai venire a trovarci, potrai accamparti nella grotta, il tuo posto è lì."

Da lontano arrivano i sibili simili a fischi emessi dagli uccelli lacustri che stanno facendo ritorno sulle sponde del lago. Kenshij ne aveva avvistati alcuni esemplari nei mesi scorsi, ma è solo adesso, in primavera, che timidi stormi di cicogne nere e pernici della steppa sono ricomparsi in cerca di un alloggio stagionale.

Tutti si voltano per vederli planare.

"Chissà dove nidificheranno," dice Ajuna, "un tempo, se lo facevano al livello del lago l'estate era spesso arida, ma se salivano in cima alle piante era probabile che fosse piovosa."

"D'ora in poi," risponde Miriam salendo sulla slitta insieme a Kenshij, "potrete ammirarli senza preoccuparvi di dove nidificheranno. L'ecoluzione vi proteggerà dalla siccità e dalle inondazioni, vi permetterà di adattarvi alla mutevolezza delle stagioni, galleggerete insieme all'ambiente, ne sarete parte integrante, senza dover più fuggire."

Illustrazione di Silvia Stazi

Quali mestieri in uno scenario solarpunk?

Revivalista o specialista in de-estinzioni: Alla velocità con cui le specie animali e vegetali stanno scomparendo negli ultimi anni, zoologi e botanici di oggi potrebbero svolgere un ruolo fondamentale nel riportare in vita specie che si sono estinte reintegrando le nuove specie direttamente negli ambienti naturali dei loro predecessori. In vista di una possibile catastrofe ambientale oppure di una rapida e inesorabile perdita di biodiversità, alla Isole Svalbaard in Norvegia è stato costruito un deposito dei semi. Forse varrebbe la pena fare la stessa cosa per gli animali, una specie di Arca futura, pronta per affrontare l'apocalisse.

Guardia riforestale: Con un background in botanica e scienze naturali, la guardia riforestale ha il compito di trasformare una giungla di cemento in una cintura verde. Inoltre, qualora avesse anche una specializzazione in archeologia industriale e/o architettura urbana, potrebbe decidere quali rovine industriali e paesaggistiche andrebbero conservate e quali cancellate, sostituendo le fabbriche abbandonate, gli edifici obsoleti, le strade cadute in disuso e le infrastrutture inutili con foreste e specie autoctone.

Agricoltore verticale: Si stima che entro il 2050, senza radicali modifiche strutturali al nostro attuale sistema di produzione e consumo di alimenti, sarà necessario l'equivalente delle risorse di oltre due pianeti per sfamare la popolazione mondiale. L'operatore di fattorie verticali si occupa della coltivazione urbana di piante e vegetali ricorrendo sia all'aeroponica che all'idroponica, riducendo drasticamente l'uso di terreno, il consumo d'acqua e il costo dei trasporti delle materie prime. Ogni edificio composto da più unità abitative potrebbe puntare alla sostenibilità nutrizionale locale, coltivando negli orti urbani e sulle strutture verticali, tutto ciò di cui i condomini avranno bisogno. Un'ulteriore sviluppo futuro consiste nell'agricoltura a gravità zero, in fattorie sub-orbitali e insediamenti lunari.

Consulente per l'energia rinnovabile e l'economia circolare. È ormai assodato che l'uso dei combustibili fossili non può durare ancora per molto; il consulente in energie alternative è uno specialista esperto di tutte le fonti energetiche rinnovabili, tra cui il solare, l'idroelettrico, il geotermico, il moto ondoso e la biomassa. A seconda delle specifiche necessità l'esperto può consigliare il ricorso a una particolare fonte energetica, collaborando alla realizzazione della migliore soluzione per l'ottenimento dell'indipendenza e dell'autonomia energetica off-grid.

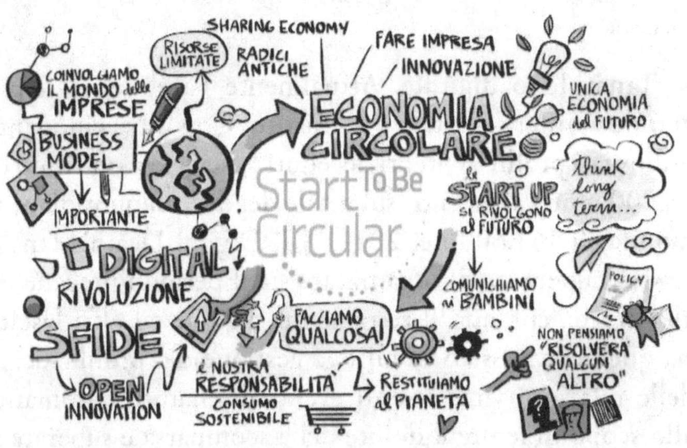

Riparatore/Creatore di parti di organi. Le stampanti 3D potrebbero rivoluzionare il settore della sanità che, unite ai progressi nella ricerca sulle cellule staminali, causerebbero entro pochi anni una crescita esponenziale di richieste di organi "print on demand". Oltre alla sanità, sono possibili applicazioni nel settore sportivo e della chirurgia estetica. Al diminuire dei costi di stampa, l'accesso a questo tipo di servizi personalizzati di fornitura e rifornimento organi potrebbe essere alla portata di tantissime persone. Come per i libri "print on demand", si prospetta lo stesso anche per gli organi.

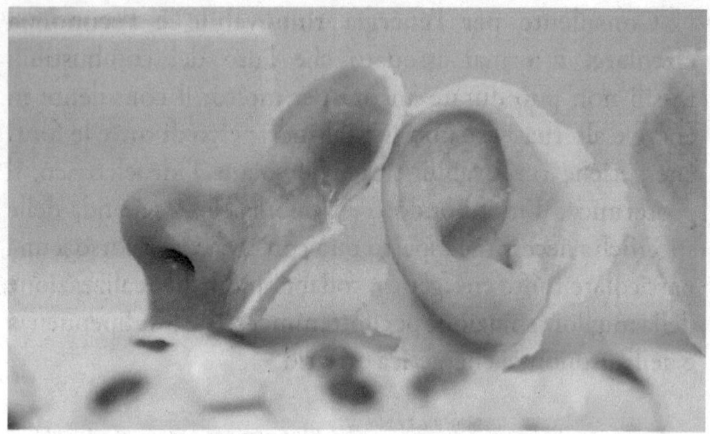

Tanatologo digitale. Attualmente Facebook è il più grande cimitero digitale mai esistito. Con oltre cinquanta milioni di profili di utenti deceduti[26], viaggia a un ritmo di 33.000 morti al giorno (sul totale dei decessi quotidiani al mondo di 151.600 nel 2011)[27]. Il Digital Death Manager si occuperà sia di organizzare sia il periodo precedente alla morte, curando il testamento digitale ed altri lasciti, sia quello successivo tramite la gestione dei profili social, delle relazioni virtuali e di eventuali chatbot automatici allo scopo di lenire il dolore della scomparsa e superare il periodo di lutto di chiunque lo abbia conosciuto. In seguito, inoltre, a seconda delle sue ultime volontà, il DDM potrà de-indicizzare la presenza del defunto dai contenuti web, occultarlo dai motori di ricerca oppure cancellarlo in via definitiva. Viceversa, potrà alimentare la sua memoria e riportarlo tra i suoi contatti vivi, tramite post, messaggi, condivisioni e discorsi.

---

26 Davide Sisto, La morte si fa social, Bollati Boringhieri, 2018, pag. 71.
27 Cfr. http://www.ecology.com/birth-death-rates/

Eternologo: Complementare al mestiere di tanatologo, l'eternologo gestisce la memoria del defunto e ne cura gli aspetti digitali e social per un periodo di tempo che può essere indeterminato (e quindi potenzialmente eterno). Per esempio, esistono già servizi online come Eter9[28] (sintesi di Eternity e Cloud9, che in italiano suona come essere al settimo cielo), una specie di Facebook che utilizza assistenti virtuali e chatbot per simulare un sistema automatico di comunicazione. In pratica il proprio alter ego virtuale può postare contenuti sui propri interessi (sport, cura di sé, viaggi, musica, libri e giochi) rendendoli "eterni". L'eternologo può ricorrere anche ad applicativi come LifeNaut, con cui creare cloni digitali degli esseri umani, in grado di simulare la presenza del defunto. Mediante un Mindfile (back elettronico della propria personalità) e un Biofile (registrazione del proprio DNA criogenizzato), ci si predispone alla resurrezione futura, il giorno in cui la tecnologia lo consentirà. Nel frattempo l'eternologo potrà continuare a far comparire il "defunto" in forma di avatar o di ologramma e farlo interagire con amici e parenti in occasione di particolari ricorrenze o compleanni (e chissà se fargli prendere anche decisioni importanti dall'aldilà).

Ingegnere alimentare 3D La popolazione mondiale raggiungerà i nove miliardi entro il 2050. I sistemi agricoli attuali non saranno più in grado di fornire cibo a sufficienza per tutti. I cibi coltivati in laboratorio e persino quelli stampati in 3D sono destinati a diventare parte della nostra dieta.

Controllore di traffico droni Già oggi i droni stanno girando i nostri film e combattendo le nostre guerre, controllando i nostri quartieri e consegnando le nostre merci (almeno queste sono le intenzioni). Tra pochi decenni, saranno

---

28 Sito web: https://www.eter9.com/auth/login

ovunque. E qualcuno dovrà sorvegliare le loro traiettorie di volo in modo che non creino danni o traffico nello spazio aereo urbano a bassa quota.

BIBLIOGRAFIA

Solarpunk: Histórias ecológicas e fantásticas em um mundo sustentável a cura di Gerson Lodi-Riberio (Draco, 2012)

Solarpunk: Ecological and Fantastical Stories in a Sustainable World (World Weaver Press, 2018)

Sunvault: Stories of Solarpunk and Eco-Speculation, a cura di Phoebe Wagner e Brontë Christopher Wieland (Upper Rubber Boot, 2017)

Eco-Punk, Speculative Tales of Radical Futures, a cura di Liz Grzyb e Cat Sparks (Ticonderoga Publications, 2017)

Glass and Gardens: Solarpunk Summers, a cura di Sarena Ulibarri (World Weaver Press, 2018).

Pacific's Edge, Kim Stanley Robinson, Orb Books, 1990

La parabola del seminatore, Octavia Butler, Solaria n.4, Fanucci, 2000

New York 2140, Kim Stanley Robinson, Fanucci 2017.

Biketopia: Feminist Bicycle Science Fiction Stories in Extreme Futures, a cura di Elly Blue, Microcosm Publishing, 2017

Ecotopia, Ernest Callenbach, Bantham, 1975

The Weight of Light, a cura di Clark A. Miller, Center for Science and the Imagination, Arizona State University, 2019

A Golden Thread, 2500 Years of Solar Architecture and Technology, Marion Boyars Publishers, 1981.

Linkografia

Adam Flynn, Solarpunk: Notes toward a Manifesto https://hieroglyph.asu.edu/2014/09/solarpunk-notes-toward-a-manifesto/

Medium: https://medium.com/solarpunks

Solarpunk Anarchist: https://solarpunkanarchists.com/

Elvia Wilk, Is ornamenting Solar Panels a crime? https://www.e-flux.com/architecture/positions/191258/is-ornamenting-solar-panels-a-crime/

Intervista ad Adam Flynn: https://solarpunkcity.com/2017/11/24/the-godfather-of-solarpunk-interviewed-adam-flynn/

Intervista a Gerson Lodi-Ribeiro: https://solarpunkcity.com/2017/05/31/solarpunks-interviewed-gerson-lodi-ribeiro/

At the Very Least We Know the End of the World Will Have a Bright Side: https://longreads.com/2018/12/12/solarpunk-review/

What is solarpunk? https://solarpunkanarchists.com/2016/05/27/what-is-solarpunk/

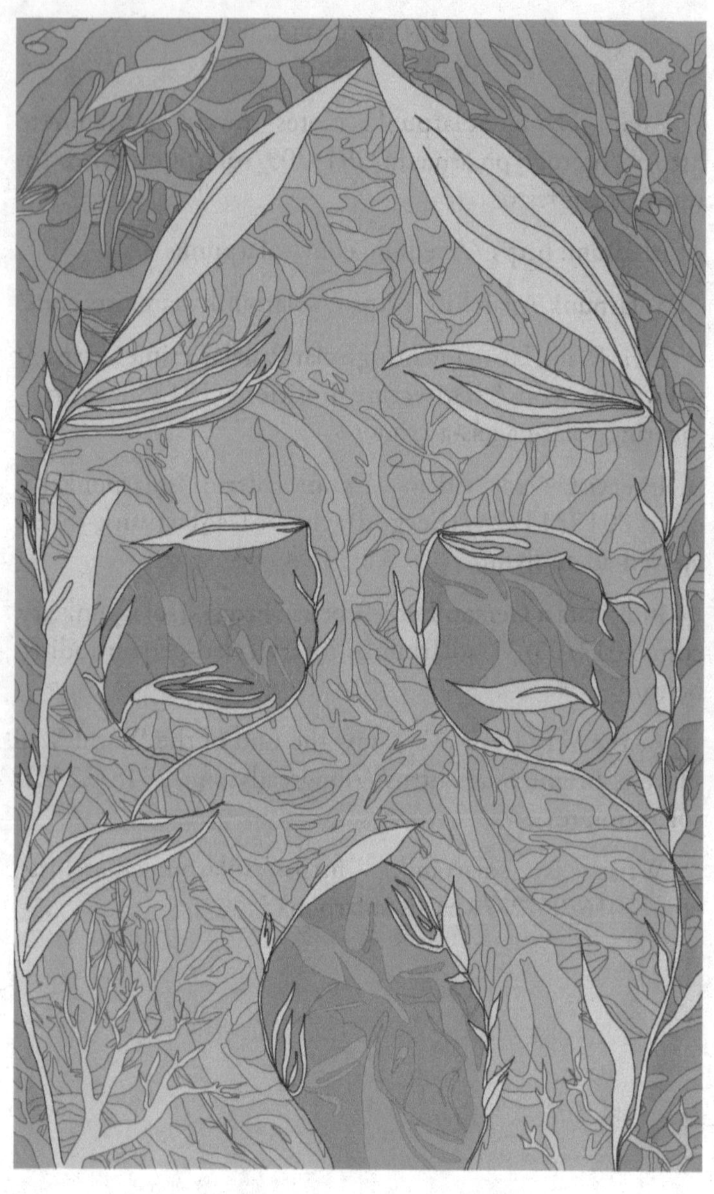

Illustrazione di Chiara Santelli

Com'è verde la città

di Clelia Farris

La fantascienza predilige ambientare le sue storie in città grandi, sovraffollate e caotiche. Non per niente uno dei primi film di fantascienza si intitola *Metropolis*. Quando uscì, negli anni Venti del Novecento, la popolazione mondiale si stava spostando dalle zone rurali alle città, e il trend, come dicono gli economisti, è ancora in crescita. Nel 2050 il 70% degli abitanti della Terra vivrà in una città.

Alcuni protagonisti dei racconti di *Ecoluzione* vivono tutti a Roma, sempre più Caput Fantascientiae. Carla e Basma abitano in una comunità periferica. Elisa soffre dentro un centro commerciale il cui nome – Porta di Roma – definisce la collocazione. In un anonimo quartiere residenziale vive l'anonimo protagonista di *Verdore*. Shi proviene da Roma e raggiunge il padre in un villaggio cinese fortemente tecnologico, che ha perso qualunque segno di ruralità. E da Roma viene anche Miriam, il cui cammino giunge fino in Siberia.

Ognuno di loro si ritrova a fare i conti con l'inquietante animale-città, una creatura che impone di vivere secondo la sua struttura gerarchica e accentratrice. L'agglomerato urbano è un organismo formato da zone specializzate: ha un cervello (il centro dirigenziale), un sistema circolatorio (le strade), i polmoni (i parchi e i giardini), un apparato digerente (le fogne). Come un animale, la città non può fare a meno di ogni suo apparato, ed è su questo punto debole che fa leva la resistenza dei ribelli.

È sufficiente introdurre un granellino grande quanto una cacca di uccello per far inceppare e rovinare definitivamente l'ingranaggio del centro commerciale, come succede nelle *Nutanti*. Dopo la guanocalisse, il tempio del consumismo si svuota di negozi e clienti per ripopolarsi di vegetali e animali. Il suo tempo non è più quello frettoloso dell'acquisto compulsivo, bensì il valzer lento della nutazione degli ailanti. Una lentezza che si adatta meglio anche ai ritmi umani.

Oppure basta modificare i vegetali, renderli produttori di luce e corrente elettrica, per cambiare il falso bosco urbano, fatto di antenne e pali della luce camuffati da alberi, come accade in *Verdore*.

Ogni racconto dell'antologia è una soluzione ecologica ai problemi delle città. È anche un suggerimento per "lavorare con" invece di "lavorare contro" la natura. Nei momenti di crisi l'animale-uomo ha agito sempre secondo lo schema della fuga. Le temperature aumentano? Mi sposto a nord. Il cibo diminuisce? Cambio continente.

Questo comportamento ha avuto successo finché l'umanità è vissuta in tribù di cacciatori-raccoglitori. Nel momento in cui si diventa stanziali, si fondano le città, bisogna cambiare risposta adattiva. Come i vegetali, le città non possono scappare. È il momento di azzardare comportamenti nuovi ed è più probabile che siano le persone "ai margini" della città ad abbandonare le risposte consuete, per cercare rimedi innovativi alle mutazioni ambientali.

La marginalità residenziale dei personaggi dei racconti è anche lo specchio della loro collocazione sociale. I più esterni di tutti sono Billai e Haziz, che provengono dall'Africa e vengono raccolti dalla nave verde, utopica città galleggiante che naviga nel Mediterraneo. La nave verde è un esempio di perfetta unione fra tecnologie avanzate e vegetali. Un cosmo che prefigura la metropoli del futuro.

Carla e Basma vivono in una comune alla periferia di Roma, una zona adatta alla coltivazione dell'orto e all'autonomia energetica. Colorado abita al Tufello e lì fa crescere le sue "armi vegetali". Una sottile linea verde unisce le periferie del mondo, da Roma fino al giardino del maestro Ming in Cina, per toccare le sponde del lago Bajkal in Siberia, a confermare il fatto che le città sono anche il luogo di una collettività creativa, capace di innovare le relazioni tra esseri umani e ambiente per fondare un diverso ecosistema.

Le storie di *Ecoluzione* sono profondamente solarpunk, perché con spirito ottimista e attenzione all'ingegneria bio-ispirata ci raccontano che assecondando la natura, o il Tao, le città potrebbero evolversi in maniera rivoluzionaria, a imitazione delle piante, il cui punto di forza consiste nell'assenza di specializzazione. I vegetali sono modulari: ogni parte dell'organismo vegetale svolge tutte le funzioni metaboliche necessarie alla sopravvivenza. Niente testa, niente ventre, nessun controllo centrale. Se alcuni rami dell'albero sono attaccati dal fuoco, possono morire senza mettere a rischio l'intera pianta.

In alcune circostanze anche noi ricorriamo a una certa forma di modularità. Molte conoscenze scientifiche, tecniche, letterarie sono ormai registrate nei server, nel cloud, e in futuro lo saranno nei robot. L'androide Stephan conserva la conoscenza teorica e pratica della tessitura del bisso; il robot Zhao sa ricamare come la più esperta anziana cinese; la ginoide Jie registra e memorizza i canti tradizionali dell'etnia Miao.

Gli androidi possiedono tutte le caratteristiche degli esseri umani, forma e pensiero, in un supporto potenziato quasi immortale. Affidare funzioni complesse a sistemi esterni ci appare normale, in maggior misura se il modulo esterno ha il nostro stesso aspetto fisico. Invece non siamo ancora riusciti a progettare l'ambiente umano in modo che replichi la vitalità del bosco.

Le città sono ancora pensate secondo criteri "animali", specializzazione e concentrazione delle funzioni. Siamo arrivati a costruire privilegiando l'economia invece dell'essere umano. Il quartiere Porta di Roma, fa notare Colorado nelle *Nutanti*, è stato costruito dopo il centro commerciale. Prima si pensa al commercio e solo dopo si procurano i consumatori. Consumatori, non cittadini.

La specializzazione, tuttavia, ha senso soltanto se la nicchia ecologica rimane stabile. Nel momento in cui tutto si trasforma, nel momento in cui le estati diventano torride, gli inverni troppo rigidi, le piogge esagerate, mantenere i parchi separati dalle abitazioni è un controsenso.

Confinare le piante a certi settori della città non eliminerà le bolle di calore, l'aria inquinata e i malesseri sociali.

La sofferenza urbana è l'altro tema unificatore dei racconti. Tutti i personaggi di *Ecoluzione* sperimentano gradi diversi di malessere, dalla sindrome di Gruen di Elisa, una forma di allergia alle materie sintetiche, agli abitanti della zona intorno al lago Bajkal, avvelenati dall'alga che prolifera nell'acqua inquinata.

La struttura urbana è sempre stata criticata in quanto produttrice di ansia, disagio e scontento. Le linee squadrate degli edifici, la sterilità delle pavimentazioni, la cupezza dell'asfalto, tutto congiura per rendere la vita del cittadino meno lieta. Il culmine del ridicolo ecologico sono i "plastani" descritti in *Verdore*, pali della luce mascherati da alberi, dotati di un sistema di riproduzione del fruscio del vento in mezzo a foglie inesistenti. Proprio questi non-alberi sono la goccia che fa traboccare il vaso della rassegnazione nel protagonista e lo porteranno alla ricerca di un modo "vegetale" di trasmissione dell'energia elettrica.

L'insoddisfazione nei confronti dell'ambiente ha un ruolo determinante nello spingere i personaggi verso un futuro differente, attraverso soluzioni innovative. I vegetali modificati di Verdore, il bombardamento di semi delle nutanti, il pepe arricchito di naniti del *Maestro delle piccole cose*, i gamberetti ibridati che sconfiggono la proliferazione delle alghe in *Ecoluzione*; perfino in un'isoletta come Sant'Antioco Carla e Basma riescono a cambiare il destino di Sa Giunchera e della *pinna nobilis* grazie all'androide Stephan.

La modificazione ambientale esiste, sta accadendo. Non è un fatto naturale, o meglio, lo è nella misura in cui l'essere umano fa parte della natura e ha agito in modo da tracciare una direzione all'intero pianeta, sulla base di un sistema politico-economico praticato dal mondo intero, il capitalismo. È un fatto talmente traumatico che ancora abbiamo difficoltà a prenderne consapevolezza. E tuttavia gli eroi dei racconti, nella loro modestia, non si fanno spaventare dall'esistente. Per loro "crescita" significa radici nel terreno, rami, foglie e fiori. "Sviluppo" significa acqua purificata, laboratori dove apprendere la tessitura, energia elettrica dai vegetali.

Alla fin fine il disagio esistenziale non è un prodotto della città ma della separazione netta fra ambiente umano e ambiente naturale. I racconti di Ecoluzione ci permettono di immaginare cosa accadrebbe se la barriera umano/naturale venisse a cadere, se le nostre azioni puntassero alla costruzione di un futuro comune, nel quale i vegetali, gli animali, gli esseri umani, le biodiversità si integrassero per formare un tutto organico.

Come in una trasformazione alchemica, le braci del passato ardono lentamente, plastiche, acciaio, oggetti inutili, emozioni effimere, tutto si disfa nel crogiolo del rinnovamento tecnologico e spirituale. Dalle loro ceneri nascerà l'alleanza tra l'animale-uomo e la natura, e questo avverrà quando ogni desiderio del passato sarà consumato.

Francesco Verso (nato a Bologna nel 1973) è un pluri-premiato scrittore, editor ed editore italiano di Science Fiction che da tempo si occupa del futuro dell'ambiente. Il cambiamento climatico e la scarsità di risorse sono al centro della sua narrativa e gran parte del suo lavoro potrebbe essere classificato come solarpunk. Recentemente ha affrontato problematiche ambientali in due volumi da lui curati, "Solarpunk: Come ho imparato ad amare il futuro" (Future Fiction, 2020) e "Solarpunk: Dalla disperazione alla strategia (Future Fiction, 2021)". Questa intervista offre uno sguardo sulla sua narrativa di speculazione legata all'ambiente, sul suo lavoro editoriale di ecofiction e sul suo attivismo, o meglio, "solartivismo", come lo definisce lui stesso.

Francesco Verso si è laureato in Economia ambientale all'università di Roma Tre nel 2000. Dopo alcuni anni di lavoro nel settore informatico, nel 2008 ha iniziato a scrivere e a pubblicare a tempo pieno, lavorando prima per la Kipple Officina Libraria come editor e poi per la collana di Mincione Edizioni chiamata Future Fiction, che poi ha trasformato in associazione culturale e casa editrice indipendente nel 2018. Future Fiction organizza anche workshop, conferenze (tra cui una FutureCon internazionale nel 2020 con 65 relatori provenienti da 25 Paesi diversi) e lezioni pubbliche sulla fantascienza in tutta Italia, Europa, Cina e Stati Uniti. Francesco Verso è senza dubbio uno degli scrittori ed editori di SF più dinamici, impegnati e connessi che lavorano oggi in Italia, e il suo impegno nel mettere in guardia i lettori sull'ambiente e sulla nostra responsabilità nel preservarne la salute e l'equilibrio è un elemento centrale nella sua missione.

Per i suoi romanzi *e-Doll* (Mondadori, 2009, Future Fiction, 2014) e *Bloodbusters* (Mondadori, 2015, Future Fiction 2020), Francesco Verso ha vinto il premio Urania, mentre *Livido* (Delos Books, 2013, Future Fiction, 2018) ha vinto il premio Odissea, il premio Cassiopea e il premio Italia. Ha inoltre vinto il Premio Italia dell'Italcon nel 2018 come miglior editore; il premio Dragone d'Oro del RefestiCon per la promozione della SF internazionale (2019); e tre premi della European Science Fiction Society come miglior editore (2019), migliore autore (2022) e miglior antologia di racconti per "Futurespotting" (Future Fiction, 2022); inoltre è stato nominato direttore onorario del Fishing Fortress SF Academy di Chongqing, Cina (2019) e lavora come agente letterario di Future Wave, un'agenzia specializzata nell'import/export di diritti d'autore da/per la Cina. *Livido* e *Bloodbusters* sono stati tradotti in inglese e cinese e pubblicati nel Regno Unito, Stati Uniti, Australia e Cina. Con la sua casa editrice Future Fiction ha curato otto volumi di racconti di SF internazionale (Storie dal domani, 2015-2022) tradotti in italiano da oltre trenta paesi e dodici lingue, e due volumi di racconti e saggi in coedizione con Roberto Paura dell'Italian Institute for the Future (Segnali dal futuro [2016] e Antropocene [2018]). Con Bill Campbell di Rosarium Publishing, ha curato *Future Fiction: New Dimensions in International Science Fiction* (2018), e con Guangzhou di Blue Ocean Press ha curato *What's the Future Like* (Guangzhou Blue Ocean Press 2019, in cinese).

1) Quando e come ha iniziato a scrivere SF ambientale, in particolare solarpunk?

Il mio interesse per le tematiche ambientali risale agli anni dell'università ad Amsterdam, dove ho studiato Economia

Ambientale. Era uno dei primi corsi disponibili in Europa per esplorare la relazione ambigua tra sistemi economici e conseguenze ecologiche. La mia tesi è stata su "L'impronta ecologica dei Paesi Bassi" e mostrava quanto l'iperconsumo materiale e immateriale e le esternalità dell'economia olandese dipendessero dall'importazione di risorse prime a basso costo e dall'esportazione di costosi beni ad alta tecnologia. Ciò ha creato un elevato saldo del PIL che nascondeva (o semplicemente non contabilizzava) i reali costi ambientali dello scarico di inquinamento e rifiuti su altri paesi. Non sorprende, quindi, che non appena ho iniziato a scrivere fantascienza con regolarità, intorno al 2004, queste idee fossero già ben radicate nella mia immaginazione. La prima opera di eco-fiction che ho scritto si chiama "Due mondi", una storia (e anche un fumetto) ambientata in un futuro lontano, dove due specie umane geneticamente modificate – gli Aeromanti e gli Acquamanti – devono sopravvivere su una Terra radicalmente trasformata e colpita in maniera drammatica dai cambiamenti climatici. Queste due specie si imbarcano in una ricerca per recuperare ciò che rimane dei "semi originali", che sono stati conservati in una torre a lungo dimenticata, che è il Global Seed Vault costruito alle Isole Svalbard nel 2008.

Intorno al 2017-18, mi sono imbattuto nel sottogenere del solarpunk mentre scrivevo il mio romanzo in due volumi *I camminatori*. Ho scoperto che il solarpunk si allineava alla perfezione con i temi di cui stavo scrivendo, come una lenta "ecoluzione" del nostro stile di vita, l'adozione progressiva del "prosumerismo" e l'emancipazione delle comunità non-privilegiate attraverso il baratto online peer-to-peer, la computazione distribuita, la riduzione radicale dell'assunzione di cibo, le soluzioni off-grid e la decrescita programmata per migliorare la ridistribuzione generale del benessere tra le diverse culture utilizzando l'arte e il neo-nomadismo. Nel corso degli anni, ho iniziato a sviluppare una mia versione del solarpunk che chiamo "solartivismo", un mix di "solare + arte + attivismo" o "solare + artivismo"[29]. Fondamentalmente, il solartivismo è un modo di usare l'attivismo politico per mantenere le tecnologie all'avanguardia libere e accessibili al maggior numero di persone possibili. L'obiettivo è quello di stimolare l'ingegno attraverso la condivisione di buone pratiche e la creatività incrementale.

2) Come descriveresti il tuo stile di solarpunk? In che modo è o non è allineato con altre forme di cli-fi, eco-SF o SF ottimista?

Mi interessano le storie che mettono in discussione lo status quo e propongono una valida alternativa tecnologica ed economica al nostro attuale sistema di vita. Le mie narrazioni biopolitiche esplorano ciò che si trova al di fuori e oltre la realtà capitalistica e consumistica. Cerco di farlo in due modi:

a) scrivendo le storie speculative che non sono strettamente "speranzose" nel senso più velleitario del termine – personalmente considero la speranza una forza eteronoma, che dipende da spinte esterne. Cerco di sviluppare più che altro un senso di speranza critica, volta a costruire delle strategie di uscita, pratiche e possibili, dall'attuale distopia proposta dai media mainstream come nuova "normalità" (o piuttosto "anormalità"). Credo che la fantascienza – e il solarpunk in questo specifico contesto – debba rendere visibile l'invisibile, rendere possibile l'impossibile, permettere all'inimmaginabile di essere immaginabile e rappresentare

---

29 Sull'artivismo: https://en.wikipedia.org/wiki/Artivism.

il suo messaggio trasformativo. Dovrebbe essere "ecoluzionario".

b) dando voce alle comunità e alle culture emarginate, alle lingue non tradotte, alle tradizioni sottorappresentate, alle innovazioni e ai futuri nativi non riconosciuti. Desidero portare all'attenzione entità che sono state e continuano a essere escluse dal settore editoriale mainstream e dalla conversazione globale sulla fantascienza in lingua inglese. Questi due ostacoli mantengono il dialogo fisso in un'unica lingua globale e possono essere ipocriti in termini di inclusività, oltre che parziali nella scelta delle tecnologie da rappresentare nelle storie. I loro copyright blindati possono anche essere usati come strumenti di colonizzazione del neoliberismo e della schiavitù informatica.

La mia visione del solarpunk, o meglio del "solartivismo", mira a de-carbonizzare, de-centralizzare, de-urbanizzare, de-patriarchizzare e de-colonizzare il futuro.

3) Chi sono (autori, artisti, registi, ecc.) i tuoi principali ispiratori per la scrittura di science fiction ambientale?

Il lavoro del pensatore francese Serge Latouche sullo sviluppo sostenibile e la decrescita è stato particolarmente illuminante in termini di immaginazione di possibili strategie al di fuori della mentalità occidentale. L'economista spagnolo Joan Martinez Alier, specializzato in economia ecologica e giustizia ambientale, ha scritto un libro intitolato *Ecologies of the Poor*[30] che credo dovrebbe essere insegnato nelle scuole

---

30 Ecology of the Poor: A Neglected Dimension of Latin American History, JOAN MARTINEZ-ALIER, Oxford University Press, 2004, https://www.jstor.org/stable/157387

superiori e nelle università. Poiché è quasi impossibile disgiungere i modi in cui produciamo, trasformiamo e smaltiamo risorse e materiali dall'impatto di queste azioni sull'ambiente, credo che non dovremmo più usare il termine Antropocene per affrontare l'attuale crisi climatica: è un termine che spesso viene usato e abusato da persone privilegiate. Dovremmo parlare di Capitalocene, poiché non tutte le società e i sistemi di produzione influiscono sull'ambiente allo stesso modo, così come non tutte le comunità utilizzano/producono la stessa quantità di energia, risorse e rifiuti.

Donna Haraway è stata per me una grande fonte di ispirazione, con la sua attenzione all'inclusività e all'agentività non-umana. Il suo punto di vista sull'importanza di mescolarsi con gli "altri" è parallelo alla visione solarpunk di una società migliore. Il suo *Chthulucene. Sopravvivere su un pianeta infetto* (Nero, 1019) destruttura i pilastri della società occidentale contemporanea, introducendo elementi di collaborazione e contaminazione inter-specie come modo per imparare a sopravvivere al naufragio del tardo capitalismo.

Per quanto riguarda la fantascienza, ho trovato che lo scrittore statunitense Andrew Dana Hudson abbia un insieme molto chiaro di idee solarpunk intrecciate nelle sue narrazioni. Quando leggo le storie di Andrew (l'anno scorso ho pubblicato la sua prima raccolta di racconti intitolata *Lo stato solare*), provo lo stesso "shock culturale" che ho avuto leggendo gli scritti cyberpunk di William Gibson trent'anni fa. Il suo ricorso a temi come l'autonomia energetica, le comunità resilienti, le politiche inclusive, la sostenibilità ambientale, la cooperazione invece della competizione, permette di immaginare i prossimi trenta o quarant'anni con la stessa visione ai raggi X e lo stesso acume avanguardistico di Gibson negli anni '80 e '90.

4) Quali sono alcuni dei temi principali trattati dalla sua scrittura solarpunk?

Sono affascinato dall'immensa creatività delle culture umane: l'innovazione indigena (o meglio nativa) offre modi ingegnosi per risolvere problemi critici come l'alimentazione, la casa, l'istruzione, l'assistenza sanitaria e l'energia con ciò di cui si dispone qui e ora: è una sorta di solarpunk. È in grado di immaginare e creare modi sostenibili e a lungo termine di fare le cose a livello locale, senza spedire merci in tutto il mondo, danneggiare i territori con produzioni commerciali aliene (come gamberi o olio di palma), imporre standard globali a particolari aree, come dislocare le comunità per creare un parco, un centro commerciale, un'industria di fast-fashion o un allevamento di bestiame. Le tradizioni indigene sanno come alimentare la biodiversità culturale, che può essere utilizzata come strumento per opporsi alla standardizzazione, alla mercificazione, all'omogeneizzazione dei punti di vista, delle idee e, in definitiva, dei futuri. Per questo motivo tendo a collegare la mia idea di solarpunk a un nuovo "senso di vagamondare", cioè un senso del vagare per il mondo alla ricerca di futuri trascurati da coltivare.

C'è stato un tempo (dagli anni '60 agli anni '80 del secolo scorso) in cui importanti opere di narrativa speculativa venivano tradotte da un paese all'altro in tutto il mondo, soprattutto in Europa, Russia e America Latina. Oggi, invece, l'egemonia dell'inglese nel mondo dell'editoria ha creato una situazione in cui tutti gli autori vogliono essere tradotti in inglese, il che significa che tutti sanno qualsiasi cosa della SF statunitense e britannica, mentre ignorano completamente ciò che viene scritto accanto a loro, per esempio tra Francia e Germania, tra Cina e India, tra Brasile e Argentina, tra Russia e Finlandia.

In realtà, naturalmente, la fantascienza di alta qualità viene scritta ovunque e in ogni lingua; è solo che per la maggior parte degli editori prima di tutto vengono le considerazioni commerciali, e quindi il pubblico dei lettori non ha necessariamente accesso alle storie migliori, ma alle "migliori" disponibili in inglese. La perdita culturale netta di un approccio così miope è enorme.

Uno studio dell'Università di Rochester ha scoperto che solo il 3% di ciò che viene pubblicato negli Stati Uniti proviene da una traduzione[31]. Allo stesso modo, su qualsiasi scaffale di SF in qualsiasi libreria da Tokyo ad Amsterdam, da Roma a Rio De Janeiro, ci sono centinaia e centinaia di libri tradotti dall'inglese (una cifra che in alcuni mercati arriva all'80%), e pochi di scrittori locali o di quelli che scrivono in lingue diverse dall'inglese. Questa è ciò che Antonio Gramsci chiamerebbe "egemonia culturale".

Quindi, parte del mio contributo al solarpunk cerca di dis-intermediare e di dis-ancorare la SF dalla sua dipendenza cronica dalla lingua inglese. In realtà, come genere letterario, il solarpunk è emerso in Brasile intorno al 2012, con l'antologia *Solarpunk: Histórias ecológicas e fantásticas em um mundo sustentável* curata da Gerson Lodi-Riberio e si è sviluppato in altri importanti paesi dell'America Latina, dell'Africa e del Subcontinente con caratteristiche diverse da quelle dell'emisfero settentrionale. Nel Global South, il solarpunk sta cercando di sfruttare la saggezza popolare, gli strumenti tradizionali di praticare l'agricoltura e i metodi sostenibili di produzione dell'energia, re-immaginando al contempo i propri usi nativi di innovazione per rigenerare il tessuto sociale e politico danneggiato da secoli di colonizzazione e globalizzazione.

In sostanza, mi sono chiesto: che cosa succederebbe se tutti quanti leggessimo un unico tipo di storia, sperimentassimo un

---

31 Il problema del 3%: http://www.rochester.edu/College/translation/threepercent/about/.

unico tipo di società, vivessimo in un unico tipo di economia, condividessimo un'unica visione del futuro? Il Solarpunk è un fenomeno globale e come tale dovrebbe includere le voci e le esperienze di persone che parlano portoghese, arabo, cinese, francese, spagnolo, russo, giapponese e tedesco, solo per citare le lingue più comunemente parlate. Inoltre, pretendere che i testi e le storie debbano "nascere in inglese" significa imporre un peso enorme e ingiusto a tutti coloro che non parlano inglese, molti dei quali non hanno accesso all'insegnamento della lingua inglese e/o non possono permettersi di studiarla. C'è molto lavoro da fare in questo senso, non solo sui mercati ma soprattutto sulla percezione della realtà.

Per esempio, nel mio romanzo *I camminatori*, un gruppo di persone che vive al tramonto della civiltà occidentale subisce una trasformazione antropologica causata dalla diffusione dei naniti (nanorobot in grado di assemblare molecole per creare materia). Questa tecnologia cambia il loro modo di mangiare: non più tre volte al giorno, ma una volta al mese, con un impatto incredibile sull'assunzione di cibo, sullo spreco di cibo, sull'impronta ecologica e sulle esigenze di reddito di una persona. Ciò dà origine a una cultura che, pur ricordando un'antica società nomade, è creativa e nuova. La liberazione dall'industria alimentare, unita alla possibilità di stampare in 3D i propri oggetti e strumenti, e all'uso del cloud computing distribuito ad accesso aperto, rende possibile a queste persone una scelta che oggi ci sembrerebbe quasi impossibile e anacronistica (anche se questa scelta potrebbe essere più vicina al nostro presente di quanto pensiamo). E così, abbandonano il lavoro, iniziano a coltivare il proprio cibo e ad alimentare i propri dispositivi, e iniziano a camminare fuori Roma. Ma le visioni dei due protagonisti su come dovrebbe vivere la neonata comunità si scontrano, e così il gruppo si divide in due: uno va a Nord per vivere nella splendida natura selvaggia della Siberia e della Mongolia, mentre l'altro va a Sud per salvare la tribù dei Dogon da una possibile estinzione dovuta al cambiamento climatico in Africa centrale. In un futuro prossimo in crisi a causa dei cambiamenti climatici e della disuguaglianza di reddito, la storia nomade dei camminatori porta un messaggio di "ecoluzione" culturale e tecnologica nel nostro mondo attuale.

5) C'è qualcosa di particolare nel solarpunk prodotto in Italia, rispetto a quello prodotto in altri paesi europei, in Africa, in Asia, nelle Americhe e altrove?

Da quello che ho letto in Italia e nella SF statunitense e britannica, attualmente c'è un'abbondanza di storie incentrate sul ritorno a uno stile di vita più semplice; storie che offrono un percorso per raggiungere un rapporto più equilibrato con la natura e sforzi per proteggere l'ambiente e i diritti sociali acquisiti. Questa tendenza potrebbe essere definita in termini generali come un nuovo "culto della natura selvaggia", un nuovo tipo di New Age (con elementi fantasy e soprannaturali), una celebrazione della vecchia saggezza come strumento necessario a preservare alcuni valori minacciati dalla modernità e dal tecno-soluzionismo. In Italia, negli Stati Uniti e nel Regno Unito si sostiene una sorta di ritorno all'Arcadia. In America Latina, Africa e Asia, l'attenzione si concentra maggiormente sul discorso biopolitico, sui diritti di proprietà sia in senso materiale (gestione della terra e dell'acqua) sia in senso immateriale (diritti d'autore e licenze), sulla decolonizzazione dei mezzi di produzione, rimuovendo così gli strati materiali e immateriali della globalizzazione (per esempio, l'ingiustizia climatica, le esternalità negative e i mercati secondari) e immaginando il proprio futuro, che è stato cancellato, negato e ignorato da secoli di colonialismo, imperialismo e tardo estrattivismo.

Potrei dividere il solarpunk in due tipi: 1) il solarpunk dei privilegiati che possono permettersi di immaginare in maniera ottimistica narrazioni di speranza che includono la coltivazione di valori passati di purezza e di innocenza; e 2) il solarpunk dei non privilegiati che non possono guardare al passato senza essere inorriditi, e quindi devono rivolgersi al futuro per costruire la loro identità e il loro spazio di esistenza. Per le narrazioni privilegiate, la catastrofe è spesso, anche se non sempre ovviamente, un fatto del *passato* (si veda il ricorso ossessivo a narrazioni post-apocalittiche, post-moderniste, post-qualsiasi cosa); è alle loro spalle, è già accaduta e loro sono quelli che sono sopravvissuti e devono ripartire e ricostruire una nuova civiltà. Per le narrazioni non privilegiate, la catastrofe sta accadendo ora; è di fronte a loro e quindi devono lottare per superarla, per creare possibili strategie di uscita per allontanarsi dall'esperienza delle apocalissi quotidiane (un lavoro terribile, la mancanza di assistenza sanitaria, la negazione dei diritti umani, l'assenza di istruzione). Quando si tratta di immaginare il futuro, le narrazioni privilegiate spesso non considerano il presente, ma piuttosto danno per scontata la distopia attuale e continuano a fuggire dal presente come una sorta di negazionismo del male che non possono e non vogliono affrontare. Le narrazioni non privilegiate sono costrette a guardare costantemente il presente e possono solo cercare di rimuoverne la presenza il prima possibile per sopravvivere o soccombere ad esso. La prima può essere guidata dalla speranza, la seconda è più spesso guidata dalla disperazione.

5) Come editore e curatore, cosa ha visto in termini di accoglienza del solarpunk (scrittura, arte, media) in Italia?

C'è molto interesse per il solarpunk in Italia, soprattutto se si considera che gli ultimi dieci anni di SF sono stati dominati un po' in tutto il mondo da una narrazione distopica auto-replicante per ragazzi. Le grandi case editrici italiane non hanno ancora iniziato a pubblicare il solarpunk, quindi per ora si tratta di un fenomeno di editoria indipendente. Detto ciò, gli agenti letterari in Italia hanno iniziato a dire "basta distopie, per favore", quindi è possibile che presto vedremo gli editori commerciali inondare il mercato con narrazioni che scimmiottano il solarpunk.

L'accoglienza del solarpunk è molto buona, i lettori sono disposti a esplorare nuove narrazioni, sia da un punto di vista contenutistico che culturale, abbracciando l'idea dei "futuri plurali" che in molti aspettavano da tempo. E nel farlo, non sto cercando di negare il presente distopico in cui tutti quanti viviamo, ma semplicemente sostengo una visione più ampia di futuro che includa altri tipi di narrazioni, spesso meno ciniche e disilluse.

Il mio romanzo *I camminatori* ha ricevuto ottime recensioni su siti di SF e letterari da parte di critici e lettori, e le antologie *Solarpunk: Come ho imparato ad amare il futuro* e *Solarpunk: Dalla disperazione alla strategia* sono tra i best seller di Future Fiction alle fiere del libro e alle convention in Italia. Spesso vengo intervistato da radio, riviste e blogger che vogliono saperne di più su questo nuovo approccio alla fantascienza e così ho iniziato a pubblicare anche una piccola serie di fumetti che trattano temi solarpunk come *Due mondi, La nave verde, Il cervo di Horn Creek* e *La disinfestazione di Bebe* per portare questi temi a una gamma di lettori più ampia.

Ma non è solo una questione di editoria di fantascienza. Il Solarpunk ha suscitato l'interesse di architetti, artisti, designer, urbanisti e responsabili delle politiche di piccole comunità. C'è un gruppo di italiani che vive nel Regno Unito, chiamato Commando Jugendstil, che sta facendo cose interessanti sulla comunicazione e le illustrazioni, dipingendo graffiti e murales negli spazi urbani. Potrebbero essere considerati artisti di strada solarpunk. Inoltre, "Solarpunk Italia" è un sito web che è diventato, negli ultimi due, tre anni, una sorta di archivio di articoli, saggi, video e recensioni in italiano su tutto ciò che riguarda il solarpunk nel mondo. L'estate scorsa ho organizzato un Solarpunk Café in collaborazione con un gruppo di ricercatori della Facoltà di Agraria dell'Università di Pisa, dove abbiamo conversato sul rapporto tra sviluppo sostenibile, inclusività radicale, decisioni biopolitiche e pianificazione urbana.

6) Dove vede questo tipo di SF? Prevede che in futuro ci sarà più o meno SF ottimista?

Uno dei rischi maggiori che immagino è la normalizzazione del solarpunk, cioè che si riduca a un meme, a una tendenza, a un hashtag, che venga messo sugli scaffali come una copertina luccicante, o che venga indossato da una modella sorridente ed esposto nelle vetrine e venduto come il sogno di un futuro felice. Temo che ciò che potrebbe accadere possa essere simile a ciò che è già successo al cyberpunk. Per dirla con le parole di William Gibson:

(...) Non avevo un manifesto. Avevo del malcontento. Mi sembrava che la fantascienza americana mainstream della metà del secolo fosse spesso trionfalistica e militarista, una sorta di propaganda popolare dell'eccezionalismo americano. Ero stanco dell'America-come-futuro, del mondo come monocultura bianca, del protagonista come bravo ragazzo della classe media o superiore. Volevo che ci fosse più spazio. Volevo dare spazio agli antieroi[32].

---

32 David Wallace Wells intervista William Gibson, *The Paris Review*, 2011, vedi https://www.theparisreview.org/interviews/6089/william-gibson-the-art-of-fiction-no-211-william-gibson

Il Solarpunk potrebbe essere facilmente trasformato in un marchio commerciale alla moda, usato per fare soldi e sfruttare la "novità" della finta sostenibilità, dell'inclusività e della solidarietà. Il capitalismo prospera sulla noia dei suoi consumatori deprivati di qualsiasi potere e prevedo il rischio che, se una sorta di solarpunk privilegiato e sovraesposto metterà in ombra quello meno privilegiato – come è successo con la lingua inglese e la fantascienza in generale – perderemo gran parte del suo potere e del suo attivismo.

Non c'è nulla di cui essere ottimisti se il solarpunk verrà "sverdeggiato" sull'ultima rivista, antologia o convention fighette, rendendo l'insieme delle idee trasformative originali e globali un'esperienza scintillante e alla moda, esclusiva e simile a quella del Burning Man, sia come narrazione consolatoria fantasiosa con un finale speranzoso, sia come un approccio alla "chi vince prende tutto".

Il mio lavoro va nella direzione opposta, verso la creazione di una rete di piccole case editrici e autori che collaborino per rendere la fantascienza intrinsecamente senza confini, facilmente traducibile e ampiamente replicabile con il minimo sforzo e denaro. Altrimenti non si tratta di solarpunk, ma piuttosto di solarburla!

Indice

Editing e impaginazione: Alda Teodorani
Immagine di copertina: Marzia Cardinale

www.ingramcontent.com/pod-product-compliance
Lightning Source LLC
LaVergne TN
LVHW031430170726
843492LV00010B/2941